新潮文庫

祈願成就

霜月透子著

新潮社版

11921

目次

祈願成就

プロローグ ——叶《かな》わぬ願い

乱雑に生い茂る木々の葉の隙間《すきま》から妙に赤い空が覗《のぞ》いている。

夕焼け？

そんなはずはない。正午を過ぎたばかりの日が高い時刻を狙《ねら》って訪れたはずだ。人どころか獣すら通った形跡のない草木を掻《か》き分けつつ進むのは難儀したが、かかった時間はものの数分だろう。どう見積もっても何時間も経過したとは考えられない。あれに気づかれたのかもしれない。幻影を見せられたことはないが、できないとも限らない。そしてそんなことができるとすれば、あれ以外には考えられない。

急がねば。

顔にかかった蜘蛛《くも》の巣を払おうとするがなかなか取れない。諦《あきら》めて先に進もう。行く先を遮る枝をつかんで脇《わき》によけ、道を開く。手を離すのが早すぎたのか、よけたはずの枝がしなって面前を横切る。葉が顔に当たる。とっさに目を閉じたが、スッと瞼《まぶた》が切れた。ピリピリとした痛みに手をやると、思いのほか出血している。垂れてきて目に入りそうな血を手の甲で拭《ぬぐ》いつつ先を急ぐ。

草木を掻き分けるたびに葉擦れの音が大きく響く。踏み出した足の下でぱきりと鳴り、小枝の折れる感触がする。

ふいに体が後方に引かれ、よろめいた。知らぬ間に誰かが背後にいたのか？　こんな場所で？　まさかあれが現れたのだろうか。恐怖で胸の奥が冷えるような鋭い痛みに襲われる。

恐る恐る振り向くと、背負ったリュックが木の枝に引っかかっていただけだった。力任せに上体をひねると、枝は湿った音を立てて折れた。

林の中にはひんやりとした空気が満ちている。緑と土の匂《にお》いが濃い。むせ返りそうなほどだ。

リュックには大量の魔除《まよ》けが詰まっている。お守りやお札などの護符のほか、破魔《はま》矢《や》や水晶もある。知る限り、行ける限り、手当たり次第に集めた。そのせいで銀行口座の残高は数万円だ。どれが効くのかわからない。どれも効かないかもしれない。異なる寺社のお守りを持つと神様同士が喧嘩《けんか》するなどと聞いたことがあるが、そんなことに構ってはいられない。思いつく限りのことをやってみるしかない。

そうだ、神だって喧嘩をするのだ。世界には全知全能で生きとし生けるものの指針となる神も存在するのかもしれないが、多くの神は幼く利己的で、ましてや人と同じ道徳心や価値観など持ちはしない。しかも神かどうかさえ定かではないものであればなおのこと。あれはきっともっと原始的ななにか。そして、叶えられた願いは無償ではない。対価を要求される。対価ならばその都度支払っていたはずなのに。こちらが勝手に対価だと思っていただけで、あれにとっては手続きのひとつでしかなかったということか。

生きている以上、良いことが起これば悪いことも起こる。そんなことは当たり前だと思っていた。誰にでもあることだと。だから気づくのが遅れた。まじないをして願いが叶った者ばかりに不幸な出来事が降りかかっていることに。

かつての同級生の親たちはまだ岩倉台で暮らしている。だから地元に残っていると、既にこの町を離れた同級生たちの近況が親を通して耳に入ることもある。そしてその話には事故や怪我《けが》、病気の報告がやたらと多い。そう、多いのだ。多すぎる。あまりにも偏《かたよ》りすぎてはいまいか。

確証はない。時期はまちまちだし、願いごとの大きさに見合う対価とも思えない。そこに定められたルールなどない。だからこそ、あれのせいだと思うのだ。人の理屈が通用しない存在。気まぐれで恐ろしい、あれ。一方的に願いを叶えてもらえるはずなどなかったのだ。あれはそんな慈悲深さや善意を持ち合わせてはいない。願いを聞き入れるのだって、戯《たわむ》れでしかないのだ。人を弄《もてあそ》んでいるのだ。時間を持て余しているから。退屈だから。ずっと近くにいたのに、そんなことにも気づかなかったなんて。

聞き入れられたはずの願いごとの中には、二十年以上経《た》った今もまだ叶えられていないものもある。それらがいつ叶えられるのかは、あれの気分次第だ。

そこへきてあの手紙だ。メモのように短い一通の手紙。

見つけたのは偶然だった。差し入れ口に挟まれただけの、封筒にも入っていない紙一枚の手紙。宛名《あてな》すら書かれていない。それでもわかる。誰が誰に宛てたものなのか。

迎えに来るのだ。

だが、なぜだ？　あの儀式では願わなかったはずではないか。願ってもいない願いがどうして叶おうとしているのだ？

手続きを踏んでいない願いが成立する理由はわからない。だが、これだけはわかる。止めなければ。このまま叶ってしまってはいけないのは確かだ。

だから、他家の郵便受けであったが躊躇《ためら》うことなくその手紙を抜き取った。罪悪感はない。本来届くはずのない手紙だ。届いてはならない手紙だ。こちらで始末をつけるしかない。ひとつ悔やんでいるのは、あの手紙をすぐに破り捨てるなり燃やすなりしなかったことだ。これを済ませて帰ったらすぐに処分しよう。今はまだ先にやるべきことがある。まずはあの場所へ行き、封じなければならない。封じられるだろうか。

林の奥から葉擦れの音が近づいてくる。風が通り抜ける。湿った生ぬるい風が頰をなめるようにして通り過ぎていく。

風に揺られて枝葉の重なりが変わったのだろうか。木々は空を覆《おお》いつくし、辺りは薄闇《うすやみ》に沈んでいる。

闇の中で饐《す》えた臭《にお》いが鼻先をかすめた。あれの臭いだ。

——ほう。なにか持ってきたな。おもしろい。

やはり見つかったのだ。仕方ない。出直そう。

踵《きびす》を返す。来た方へ戻っていく。今しがた掻き分けたはずの草木は道を残しておいてはくれず、何年も人が通ったことなどないように生い茂り、行く手を阻《はば》んでいる。再び泳ぐように両手で掻いて進んだ。枝葉で手や頰が切れる。軍手でもしてくるべきだったかと些末《さまつ》なことが頭をよぎる。こんなかすり傷を負うくらいなんだというのだ。

足元は水を含んだ腐葉土でぬかるみ、一足ごとにぐちゅぐちゅと不快な感触が靴底を通り抜けて足裏に伝わってくる。この夏は豪雨が多かった。そのせいだろう、あちこち崩れていて足場が悪い。

背後でがさりと葉が掻き分けられ、ぱきりぱきりと細い枝が折られていく音がする。近づいてくる。追ってくる。

早く逃げなければ。

林を抜けたところで助かる保証はない。だが、境界を越えれば及ぶ力は多少なりとも衰えるのではないか。それは確信ではなく推測でしかない。いや、願望か。

林を抜けて階段に出たら、全速力で駆け下りよう。上るより下る方が早い。しかも、階段を下れば大通りに出る。大通りならば明かりも多く、人通りもある。人の生気ほど闇を遠ざけるものはない。

ふいに視界が開けた。林を抜けたのだ。あと一歩踏み出せば、階段があるはず。

しかし、勢いよく踏み出した足は空を踏み抜いた。

なぜ。

落ちながら問う。

なぜ。来た方へ戻ったはずなのに。

答える者はない。

なぜ。どうして。

落ちていく。コンクリートの法面《のりめん》が上方へ流れていく。

妙に頭が冴《さ》えて、情景が高い解像度で意識に到達する。

崖《がけ》の上、林と法面の境界に熊《くま》のようなシルエットが見える。あれだ。挨拶《あいさつ》をするようにこちらに向けて左手を掲げる。

――あそぼうよぉ。

左手首がぽとりと落ちる。

――あの夏の願いをすべて叶えてやるから。

落ちた塊は自ら立ち上がり、ぶるぶると身震いをした。それからさっと辺りを見回すと、小さな生き物のように素早く走り去った。

肩から着地した体は、弾みながら車道まで転がり出る。

――もうおしまい？

バスが坂道を下ってくるのが見えた。だが、体の自由がきかない。力の入れ方がわからない。ただ頬に当たるアスファルトの粗さが痛かった。

ごめんなさい。声にならない謝罪をする。みんな、ごめんなさい。

ごめんなさい。私のせいだ。

ごめんなさい。なんとか始末をつけようとしたけどだめだった。

ごめんなさい。もしも最期《さいご》の願いが叶うなら。なかったことにしてください。

だが、知っている。この願いは叶うはずはないと。まじないの手続きを踏んでいないから。願うには依《よ》り代《しろ》となる対象者の所有物が必要だ。だけど手元にあるのは自分のものだけだった。

バスのクラクションが響く。坂道を下ってくるバスの行き先表示は岩倉台駅となっている。声は聞こえないが、表情だけでフロントガラスの向こうで運転手が絶叫しているのがわかる。

瞼の血が眼球に垂れてくる。瞳《ひとみ》が赤く潤《うる》む。視界が真っ赤に染まる。

どうか――

唇を動かして願いごとを唱えるが、声にならない。

歩道と車道の境にはガードレールもなく白線が引かれているだけで、その車道も片側一車線と道幅は狭い。しかも雑木林に沿って半円を描く見通しの悪い道だ。人が倒れているのに気が付いて即座にブレーキをかけたところで間に合うはずもない。その上、下り坂だ。ハンドルを切るにしてもバスがよけられるほどの道幅はない。空気が抜けるようなブレーキ音がする。タイヤの摩擦のせいなのか、ゴムが焼ける臭いがする。しかし、止まる気配はない。迫ってくるタイヤを見極める間もなく、自らの肉と骨が潰《つぶ》れる音を聞いた。

かすかに残る意識の片隅で、饐えた臭いを嗅《か》いだ気がした。あれのものなのか。自らが発しているものなのか。

もはや見えるはずも聞こえるはずもないのに、あれがにやりと笑ったのがわかった。

——あそぼうよぉ。

——もっとあそぼうよぉ。

1　忍び寄る影――瀬尾実希子

雲が流れ、月を隠した。光を失った空と海の色が混ざり合い、境界が曖昧《あいまい》になる。

実希子は船尾の手すりにつかまったまま目を閉じた。潮が香り、波音がひと際《きわ》大きく耳に届く。秋にはまだ早いのに、夜の海上は風が冷たい。ストールを用意するべきだったかもしれない。そんなことを思いながら、体内の空気を入れ替えようと深い呼吸を繰り返した。

ふいに背後から馴染《なじ》みのある温《ぬく》もりが覆《おお》い被《かぶ》さる。耳元を強く吹き抜けていく風の音も重なり、近づく足音に気づかなかった。

「実希子、大丈夫？」

耳元でささやく声は、少しワインの香り。そして、徹《とおる》の匂《にお》い。

「うん。風にあたったら少し酔いが醒《さ》めてきた気がする」

「それはよかった。寒くない？」

「ちょっと。でも気持ちいい」

刈谷徹との交際は五年になる。今までに結婚を考えたこともなくはないが、徹からはいまだかつてそんな話が出たことがなかった。

幼いころはお姫様に憧《あこが》れるようにお嫁さんに憧れた時期もあったが、成長するにつれそんな意識も薄れていった。

だからといって、将来を自由に選べる今、結婚という形式に抵抗を感じているわけでもない。一緒にいたいと思う人と一緒にいられるのなら、形などたいした問題ではない。それは徹にとっても同じだろう。

大切な人が隣に存在していてくれさえすればいい。そんなささやかな願いはあまりにありふれていて、誰でも容易《たやす》く手に入れているように見える。だけどほんとうは、危うい均衡の上に成り立っている。いつもすぐそばにあった存在が、ある日突然失われることがあると知っている。

それに、実希子は三十五歳の今に至るまで、ただの一度も子供をほしいと思ったことはなかったし、自分の幼少期をよく知っている人たちが義理の両親になるのも気恥ずかしい気がする。

「やっぱりワインはやめておけばよかったかな」

「ううん。とてもおいしかったよ。ディナークルーズなんて初めてだから緊張していたせいかも」

大きな手が頭を撫《な》で、肩へとおりてきた。そのまま並んで暗い海を眺める。風向きが変わると、船内のざわめきがかすかに聞こえた。

徹と出会ったのは六歳のころだった。転居先でできた友達のひとりだ。

実希子の小学校入学のタイミングに合わせての転居だった。新居は、横浜郊外の山ひとつを開発した岩倉台という大規模な新興住宅地にあった。

岩倉台には、防空壕《ぼうくうごう》跡の横穴がいくつか残っていた。宅地開発のために手つかずの山を切り崩したわけではなく、以前から人の住んだことのある土地だったようだ。瀬尾家の入居は第一期で、その後も開発は続き、日に日に町が広がっていく様に圧倒されたものだった。

住人の多くが若い世帯で、子供の歳《とし》も近かった。親同士が親しくなる中で、子供たちも自然と行動を共にしていった。

実希子はいつも五人で遊んでいた。構成は全員同い年の、男二人、女三人。その中に徹もいた。

中学に上がると、学校での友人との繋《つな》がりの方が強くなり、近所の五人で集まることもなくなった。学校の廊下ですれ違っても、声をかけもしなかったほどだ。

それ以降も変わらず近所に暮らしていたが、再び親しくなることはなかった。やがて、徹の一家は引っ越し、地元の高校、大学に進学した実希子も就職二年目には東京で一人暮らしを始め、ますます岩倉台との繋がりは薄れていった。そしていつしか幼馴染みたちを思い出すこともなくなった。

なかでも連絡先も知らない徹と会うことなど二度とないと思っていた。そんな徹と再会することになったのは、ほんの偶然だった。

実希子の職場の同僚が、大学時代の友人とバーベキューをした際の写真をSNSにあげていた。その中で一際大きな笑顔で映っていた男性に目が留まった。すぐにわかった。徹だった。

偶然の繋がりと懐《なつ》かしさから同僚を通じて連絡を取り、仕事終わりに食事をするようになった。休日にも会うようになるのに時間はかからなかった。ただ、それからが長かった。当時は互いに交際する相手がいたためだ。それぞれがフリーになってからも、二人の間にあったのはやはり友情だったと思う。

異性として意識するようになったのは、ひどい風邪をひいて寝込んだ実希子を心配して、徹が泊まり込んで看病してくれたことがきっかけだった。のちに聞いたところによると、徹もそのことがきっかけで、会わない時間も実希子のことを考えることが増えたのだという。

初めて手を繋いだころには、再会してから五年も経《た》っていた。長い友人期間を経たせいか、恋人らしい些細なことが新鮮で刺激的だった。指先が触れただけで全身を痺《しび》れるような切なさが駆け巡った。もう三十だというのに、まるで十代のころのような瑞々《みずみず》しい感覚だった。徹と再会する前に交際していた人もいる。再会したころにもいた。だけど、こんなふうに感じたのは、徹が初めてだった。

突如、手すりから細かな振動が伝わってきた。モーターがうなりを上げる。首《こうべ》をめぐらせると、近づく街の明かりが見えた。船が接岸準備に入ったらしい。

「もうすぐ港だね。そろそろ中に戻った方がいいかな?」

「そうだね。気分はどう?」

「もうすっかり平気」

「ほんとに? ……それなら言っちゃおうかな」

「なに?」

徹はひどく真剣な眼差《まなざ》しをしていた。普段は笑顔でいることの多い徹だけに、その表情は怒っているようにも見えて、胸の奥にさざ波が立つ。

「ええ？　徹、どうしたの？」

茶化すように問いかけたが、徹は真剣な表情のまま言った。

「実希子、結婚しよう」

汽笛が鳴り、舵《かじ》が切られた。船の揺れによろめいた実希子は、徹によって素早く支えられた。

結婚――。

胸の奥でほわりと大きな花が咲いた。さっきまで肌寒かったはずなのに、ひだまりのぬくもりに包まれる。

ディナークルーズに誘われた時から予感がなかったといえば嘘《うそ》になる。けれども、まさか今さらという思いの方が強く、当初の予感などすっかり忘れていた。

実希子はひどく狼狽《ろうばい》し、視線を泳がせた。と、その時。

「あっ」

徹の肩越しに見える甲板に、小さな影が揺れていた。目が合った、と感じた。影は素早い動きでこちらへ向かってくる。実希子は体を硬くして身構えた。

「え？　なに？」

異変を察した徹が、実希子の視線の先に目を向けた。同時に、影はふいっと消えた。

実希子は震える声で呟《つぶや》く。

「……なにか、いた」

「なにかって?」

「わからない。暗いし。虫……かなあ。うん、フナムシだったのかも」

なぜ小さな影ひとつがこんなにも気になるのか、自分でもわからなかった。

「フナムシ? 磯《いそ》にいるやつ? 船にはいないだろ」

「そうだよね。気のせいだったのかな」

徹は眉根《まゆね》を寄せつつ笑った。

「おいおい、ムードが台なしだなあ」

「あ。そうだったね。ごめん……」

甲板を走る影に敏感になるなんてどうかしている。ただの光の加減だろう。徹の言う通り、大切な場面を台なしにしてしまったことの方を気にするべきだ。

「まあいいよ。これはこれで記憶に残りそうだ。……で、返事はもらえるのかな?」

この日を待っていたわけでもないのに、心が浮き立っている。特に断る理由も見つからない。ならば。

「……よろしくお願いします」

うやうやしくお辞儀をすると、徹は小さく、しかし力強く、拳《こぶし》を握り締めた。

下船を促すアナウンスが流れ始め、余韻もそこそこにデッキを後にする。タラップを降りる際に再度甲板を振り向いてみたが、先ほどの小さな影はどこにも見当たらなかった。

「もしもし。お母さん？」

『まあ、実希子！　いいところに！』

母の第一声を聞いて、実希子はこの電話で婚約の報告をすることを早々に諦めた。こちらから用事があってかけた電話だということは母の頭にないらしい。

「もう、なんなの？　なんかあった？」

『郁美《いくみ》ちゃんが』

「え？　誰？」

『郁美ちゃんよ。坪内《つぼうち》郁美ちゃん。ほら、あなたたち、いつも一緒に遊んでいたじゃない』

「ああ……」

名前と髪の長い女児の姿が線を結んだ。幼馴染み五人組のひとりだ。たしかまだ実家で両親と暮らしているのではなかったか。もしや彼女も結婚するとか、そういう話なのだろうか。そんなことを思っていると、母は意外な言葉を告げた。

『亡《な》くなったのよ』

「え？　亡くなった？　誰が？」

『だから、郁美ちゃんだってば』

「だって、郁美ちゃんって、私と同い年よ？」

『何歳だって病気や事故で亡くなることはあるでしょうに。まだ若いのに気の毒ねえ』

「病気なの？　事故なの？」

『お母さんもよくわからないのよ。噂《うわさ》ではいろいろ聞くけど、なんだか突拍子もない話ばかりで。本当のとこはどうなのなんて、坪内さんに聞けないじゃない。明日、お通夜《つや》らしいから、あんた、行けるようなら行ったらどう？　徹くんにも伝えてちょうだいね』

まさにその徹の話をしようと電話をかけたのだが、訃報《ふほう》を聞いたあとで報告する話ではない。言葉にならない曖昧な返事をして電話を切ると、郁美のことを思った。

記憶の中の郁美は小学生のままだ。五人で過ごしたあのころの記憶。ほかの三人の姿は思い描くことができる。郁美の顔だけがぼやけている。なぜだろうとしばし考えて理由に思い至る。そうだ、後ろにいたからだ。郁美はいつだって実希子たちの後ろをついてくる子だった。でも。

にわかに記憶が鮮明になる。

でも、一度だけ、郁美が強く主張したことがあった。あの猫。みんなで猫を世話しようと提案したのは郁美だった。五人だけのあの場所で。

宅地開発の及んでいない区画に雑木林があり、実希子たちはその一角を秘密基地としていた。基地といっても、囲いや屋根などがあるわけでもなく、木々の間隔が開いていてぽっかりできた空間を秘密基地と称していただけだ。それでも〈秘密〉という名称がつくだけで、ただの空間はたちまち魅力的な場所に変わった。

高度経済成長期の埋め立て以前は今より一キロメートルほど内陸に海岸線があり、沿岸部の丘陵地である岩倉台には縄文時代、ムラがあったという。その名残で、実希子たちの子供時代には、宅地や公園に造成されていない空き地で、白化した貝殻や土器の破片をたやすく掘り出すことができた。秘密基地のある雑木林もそんな場所のひとつだった。五人も時には、発掘と称して秘密基地の土を掘り返すこともあった。

秘密基地は、放課後の集合場所であり、遊び場だった。給食で食べきれなかったパンをかじったり、マンガを読んだり、それぞれが好き勝手なことをして過ごしていたものだった。

そこへ郁美がまだ目の開かない子猫を抱いてきたのだ。下校中にカラスに襲われているのを助けたとかなんとか言っていた気がする。郁美の顔と同様に、猫の姿も曖昧にしか思い出せない。薄汚れた白だったのか、黒だったのか、キジトラだったのか。覚えているのは、ただ小さく汚い塊だったことだけだ。それでも五人で大切に育てた。

あの郁美が。

驚きはしたものの、悲しみも寂しさも湧《わ》いてこないことに、付き合いが途絶えてからの月日の長さを感じた。

翌日、実希子は仕事が終わると一旦《いったん》帰宅して喪服に着替え、職場から直行する徹と落ち合うため岩倉台駅へと向かった。通夜は自宅ではなく、駅付近の斎場で行われるという。

岩倉台周辺の風景は実希子の記憶とはずいぶん変わっていて、自分の育った町なのにどこかよそよそしさを感じる。今は都内で暮らしているとはいえ、岩倉台駅までは一時間もかからずに行けるのだから、けして遠いというわけではない。実家と折り合いが悪いわけでもない。けれども外出好きの母と会うのはいつも外だから、どうしても足は岩倉台から遠のいていた。

駅前のロータリーの風景も様変わりしていた。スーパーや商業ビルの壁面はくすみ、どこか寂れた雰囲気を醸《かも》し出している。道行く人の年齢層が高い。一度に同世代ばかりが移住してきたせいで、実希子や徹のように若い世代が進学や就職、結婚などで町を出ると、途端に町の高齢化が進んだ。かつての新興住宅地に新しさは失われていた。

「お待たせ」

改札口を抜ける人波の中から徹が現れた。普段から着ているダークカラーのスーツ姿だ。ネクタイだけ弔事用のものに付け替えている。

「歩きでいいよな？」

「うん」

駅前からバスも出ているが、歩いても十分足らずの距離だ。かつてバス通り沿いにはいくつかの店舗があるだけで空き地も多かったのだが、今は隙間《すきま》なく建物が並んでいる。それらの建物も看板は日に焼け、外壁は薄汚れている。道は変わっていないはずなのに、暮れゆく町並みと相まって迷いそうになる。近くに草むらがあるわけでもないのに、ひんやりとした夜の風に草の青臭さが混じっている。瞬時に子供時代の空気を思い出す。東京で暮らしているうちに忘れてしまった匂いだ。緑が多い土地のせいか、この辺りでは夜になると急に草の匂いが濃くなるのだった。

斎場ではスタッフによって手際よく案内され、順路に沿って進むうちにあっさり焼香が済んでしまった。参列者が少ないせいでもある。

焼香の順番が回ってきた際にちらりと遺影を見上げたが、あまりの変わりように別人の通夜に参列してしまったのかと思ったほどだった。棺《ひつぎ》の窓は閉じられていて、顔を見ることもできない。通夜に参列した経験は多くはないが、たいていは顔だけは見ることができた。上半身まで見られることもあった。遺影でしか顔を見ることができないのは初めてだ。

斎場の入口にも郁美の名があったから、本人で間違いないのだが、見慣れない顔に懐かしさは湧いてこなかった。幼いころの面影があるのかどうかさえ判然としない。かといって見知らぬ顔というわけでもなく、記憶の上辺を掠《かす》めていくようなもどかしさだけが残った。

部屋の出口で配給のように香典返しを受け取り、先に焼香を済ませた徹と共に廊下を進むと、ざわめきに満ちた部屋に辿《たど》り着いた。長テーブルに寿司桶《すしおけ》やビール瓶、ソフトドリンクのペットボトルなどが並ぶ通夜ぶるまいの席だ。飲食をしているのは年配者ばかりだ。喪服を着ていなければ居酒屋かと思うような賑《にぎ》やかさだった。

「やっぱり退会したのがいけなかったのよ」

「あら、違うわよ。退会したのは下の子よ。お姉ちゃんは初めから入信してないの」

「そうだったの？」

「そうよ。あのお宅は下の子のために信者になったんだもの」

「それなのに下の子も退会しちゃったの？」

「社会人になったころだったかしらね。自分の意思で入信したんじゃないからって。続けておけばいいのに。だからほら、今じゃあんなことに」

「ああ……」

女性たちは噂話《うわさばなし》に花を咲かせ、男性たちは酔っているのかがさつな笑い声を上げている。

ここでも線香の香りが漂っている。煙が流れてきたというよりは、喪服についた残り香なのだろう。

供養《くよう》のためには立ち寄るべきなのだろうが、どうにも居心地が悪そうだ。素通りを提案するために徹の腕に手をかけたところで、こちらに向かって手を上げる男性が目に入った。徹と同時に「あ」と声をあげる。岩本健二だった。

健二のもとへ歩み寄る徹についていく。

「健二も来てたのか。久しぶりだな」

「十年……いや、二十年振りくらいか？　いやあ、わかるもんだな」

「すっかりオジサンの風貌《ふうぼう》なのにな」

「うるせえよ。お互い様だろうが」

二人は軽口を叩《たた》きながら名刺交換をしている。

「へえ。健二、ファイナンシャルプランナーなんだ？」

「ああ。保険会社の営業だからな。徹はSEか。……で、こちらは、奥さん？」

健二が実希子に手を向けた。徹と顔を見合わせ、しばし見つめ合った後、同時に噴き出した。だが、すぐにここがどのような場なのか思い出し、慌《あわ》てて笑いを収める。

「奥さんって、おまえ、それ本気で言ってるの？　いや、まあ、そうなる予定ではあるけど」

「予定？」

「あ、いや、それはいいんだ。実希子だよ。瀬尾実希子。覚えているだろ？」

「実希子？　え、あのみきちゃんか！」

健二の頭の中でどうにか過去と現在の姿が繋がったらしい。実希子は口元に小さく笑みを浮かべた。

「健二くん、久しぶり」

「おう、久しぶり。うんうん、言われてみれば面影がある……ような、ないような」

「なにそれ。私、そんなに変わったかな？」

「ああ。全然わからなかったよ」

「オバサンになったとか言ったら怒るからね！」

「言わない言わない……しかし、それに比べ……って言い方をするのもどうかと思うけど、郁美の遺影、見たか？　ずいぶん老《ふ》けてたな」

「ああ。実は俺もそう思った」

すかさず徹が同意したが、実希子は曖昧に頷《うなず》くに留めた。

遺影に面影を見つけられなかったのはそのせいだったのだろうか。いつ撮った写真なのかわからないが、たしかにあれが最近の写真であったとしても老けていると言わざるを得ない。しわや白髪があったわけではない。それでも同い年に見えなかったのはなぜだろう。無表情だったからだろうか。大きな笑みを浮かべない証明写真でさえ、もっと表情を感じられる。無気力に見えた。目は開いているのに、なにも映っていないような瞳《ひとみ》。顔立ちの美醜の問題ではなく、見ているこちらが不安になるような顔だった。あれよりほかにいい写真がなかったのだとしたら、郁美は満たされない毎日を過ごしていたのかもしれない。

喪章をつけた葬儀社のスタッフらしき男性が近づいてきて腰をかがめた。

「なにかお飲み物をお持ちしましょうか？」

徹と健二が互いに「おまえは？」と尋ねては首を振った。実希子も無言で首を振ると、徹が「ありがとうございます。結構です」と答えた。スタッフが立ち去るのを待って、健二が顎《あご》で出口を示した。

「……そろそろ行くか」

たまたま時間が重ならないだけなのか、斎場で同世代の弔問客を見かけていない。いるのは、明らかに郁美本人の知人ではなく、両親の知人と思われる年代の人……おそらく、母親の信仰する宗教関係の人たちなのだろう。

建物を出てどこか腰を落ち着けられる店でもないかと辺りを見渡してみるが、地元の飲み屋くらいしか見当たらない。けれども男性二人は場所にこだわりはないらしく、斎場に隣接したコインパーキングの隅で語り始めた。通りに面しているのに、少し奥まっているせいか、車の走行音は控えめにしか聞こえない。

健二が斎場を見やって言った。

「そういえば、絵里は来てないのかな？」

徹が首を振る。

「そういや見てないな。実希子は？」

「私も見てない。見かけても顔がわかる自信はないけど、とりあえず同年代の人はいなかった気がする。私たちより先に来ていた健二くんが見ていないなら、絵里ちゃんは来てないのかもしれないね」

子供のころは毎日一緒にいた五人だが、いまや散り散りだ。実希子、徹、健二、絵里、そして郁美。絵里は郁美の訃報を知らないのかもしれない。知っていたところで通夜に来るとも限らない。もう二十年近く交流を断っているのだから。

けれども健二はそうは思わなかったようだ。

「俺たちはずっと会わずにいたけど、親同士は変わらず近所なんだし、こういうことは連絡しているんじゃないのかな。俺も親から知らされたし」

「そうだね。私もお母さんから聞いた」

「あれ？　そういえば、徹はよく知っていたな。おまえんち、どっかに引っ越しただろ？」

「ああ、伊豆《いず》な。父親は早期退職して、温泉付きの家で半自給自足みたいな生活をしているよ」

「そうだ、伊豆だったな。おまえが都内の大学に通うのに一人暮らしを始めてすぐだったっけ。それならどうして……って、え、おまえら、もしかして……？　でも奥さんじゃないって……あ、でも、え、じゃあ『予定』って……そういうことか！」

健二は実希子と徹に向かって人差し指を行ったり来たりさせて、一人で納得している。笑ってその指先を見ていると、視界の隅をなにかが走り抜けた。

またあの影だ。

いや、もっと大きい。ネズミだろうか。

影を追って首を巡らせたが、すでに夜の闇《やみ》に溶け込んでいた。代わりに、その影が消えた方角から喪服姿の男性がこちらへやってくるのが見えた。遠目なのと逆光のせいで顔はよくわからない。

車道は赤信号に変わったらしく、車の走行音が途切れた。静けさの中、カッカッと小刻みに音が響く。小さな懐中電灯の強い明かりが、アスファルトを左右に揺れながら近づいてくる。男性は慎重な足取りだ。白く光る棒状のものを絶え間なく左右に振っている。

カツ、カツ、カツ……。

近づいてくる音は、白杖《はくじょう》が地面を打つ音だった。白く光って見えたのは白杖だったのだ。表面には反射板と同じような素材が貼《は》られているらしく、コインパーキングを出入りする車のヘッドライトを反射して白く浮かび上がった。徹と健二も音に気づき、彼の姿を認めたようだ。

「あれ？　あいつ……」

徹が呟いた。

「え？　徹、あの人のこと知ってるの？」

「わからないか？　圭吾だよ」

実希子が首を傾《かし》げると、健二が補足した。

「郁美の弟だ。焼香の時、親族席にいただろ」

健二が言うのだからいたのだろう。実希子は型どおり親族に向かって頭を下げたが、そこに並ぶ顔までは見ていなかった。

カツ、カツ、カツ……カッ。

音が止まった。

三人の足元を照らしていた懐中電灯の明かりが消され、男性にしては細い声が発せられた。

「今日は、姉のためにありがとうございました」

通りの車が一斉に走り出す。いつの間にか息を詰めていたことに気づき、ひそかに呼吸を整えた。

徹や健二と共に、ご愁傷様です、と返しながら、圭吾の顔と白杖を見比べた。圭吾の目が不自由なのは明白だった。圭吾は口元に薄く笑みを浮かべている。よく見えていないのなら視線が合わないのは当然だが、上下左右の視線の位置ではなく奥行きが合っていない気がした。実希子たちを透かして、ずっと遠くを眺めているように見える。

幼いころは分厚い眼鏡をかけてはいたが、極度の近視なのだとばかり思っていた。当時から視力に深刻なトラブルを抱えていたのかもしれない。

今は役目を果たさないのか、眼鏡はかけていない。圭吾といえば眼鏡の印象が強く、そうとわかってからも同一人物とは思えなかった。

圭吾は郁美の三つ下だから、三十二歳。目の前の男性は、それよりもずっと若く見える。二十代か、見ようによっては学生と言っても通りそうだ。マッシュショートのヘアスタイルがそう見せているのかもしれない。眉が隠れる長さの前髪が、まつげの長い大きな目を際立たせている。圭吾はいわゆるリス顔の部類だ。背は徹や健二よりも低く、一七〇センチあるかないかだろう。それも若く見える要因のひとつなのだろうか。ルックスの特徴だけならば、可愛《かわい》い系男子の部類に入りそうだが、わずかに上げた顎と感情を読み取れない視線のせいで不遜《ふそん》な態度が目立ち、可愛げのかけらも感じられない。

「よくここがわかったね」

目のことを言外に含む不躾《ぶしつけ》な質問のはずなのに、健二が言うとさりげなく聞こえる。

圭吾も気を悪くした様子もなく答えた。

「はい。葬儀社の方に尋ねましたから」

「そうか」

年配者ばかりの中では、三十代の実希子たちは目立ったことだろう。入口にいたスタッフがなんの気なしに三人の行き先を目で追っていたとしても不思議はない。しかし、二十年近く関わりのなかった幼馴染みにお礼を言うためだけに、視界の不自由なことを押してまで追ってくるものだろうか。

声に出さない疑問が聞こえたかのように、圭吾は言った。

「姉の友人はあなたたちだけでしたから、ちゃんとお礼が言いたくて」

「友人が私たちだけだなんて、そんなわけないでしょう」

思いのほか大きな声になり、実希子は慌てて声量を落とした。

「だって私たちは小学生のうちしか一緒に遊んでないのよ。中学では廊下ですれ違っても挨拶《あいさつ》さえしなかった。あ、えっと、郁美ちゃんとだけじゃなくて、徹や健二くんともね」

「そうだったな。俺と健二もそうだった」

「ああ。特に喧嘩《けんか》したわけでもないのにな。当然のように疎遠《そえん》になったんだよな」

三人で頷き合う。圭吾は怪訝《けげん》そうな顔で、三人を見渡した。視線が重なりはしないものの、大きくずれてもいない。まるで見えていないわけではないのかもしれない、とちらりと思う。

「喧嘩じゃなくても、疎遠になる理由があったってことなんじゃないですか？　だって、それまで毎日のように一緒に遊んでいたのに、中学に上がった途端に疎遠になるって不自然じゃないですか？」

健二がまいったなあとでもいうように薄く笑みを浮かべて言った。

「中学生になるとなあ、女の子と仲良くするのは照れ臭いもんなんだよ。圭吾だって覚えがあるだろ？」

「それはわかりますけど、健二くんと徹くんも疎遠になったんでしょ？　それに、実希子ちゃんと姉は女同士じゃないですか」

「ああ、うん。でも私はクラスも違ったし……」

答えながら、そんな理由だけではなかったはずだとも思う。避けていたのではなかったか。一緒にいると思い出したくない出来事を思い出してしまうから避けていたのではなかったか。だが、その記憶さえ曖昧だった。思い出したくない出来事があったような気はするが、それがなんだったのか、そもそも本当にそんな出来事があったのかさえ定かではない。疎遠ではあったものの、中学時代の徹や健二の姿はぼんやりと思い出せるのに、郁美の姿だけが思い浮かばない。

車の音が途絶える。ヘッドライトの明かりも通らないせいで、夜の闇が一段と暗さを増した。

「姉は、中学に入ってからというもの、友人がいたことがないんですよ。だから、友人と呼べるのはあなたたちだけなんです。今夜はきっと姉も喜んでいると思います。ありがとうございました」

圭吾は再度頭を下げ、踵《きびす》を返した。

カツ、カツ……

白杖がアスファルトを叩く音にはっとして、肝心なことを訊《き》きそびれていたことに気づいた。

「待って」

圭吾が振り向く。徹と健二の顔もこちらを向いた。

「えっと、あの……」

呼び止めたものの、尋ねていいものかどうか迷う。いまや親しいとは言い難い関係なのに不躾ではなかろうか。

「ごめんなさい。やっぱりいい……」

思い直して撤回した問いかけだったが、圭吾は「ああ」と納得したように笑った。

「死因ですか?」

「ええ……まあ」

「おばさんからなにも聞いてないんですか? みなさんも?」

そろって小声で肯定すると、圭吾はなぜか満足そうに小刻みに頷きを繰り返した。

「姉は、自殺——」

徹の肩がびくりと跳ねる。それを尻目《しりめ》に圭吾は言葉を続けた。

「――じゃなくて、交通事故です。それで道路に転落して。雑木林の辺りが土砂崩れを起こしていて足場が悪いんですよ。それで道路に転落して。撥《は》ねられたというより、轢《ひ》かれた……潰《つぶ》された状態でした。頭部の半分以上は形を失い、脳漿《のうしょう》が流れ出ていたそうです。ちぎれた右腕がタイヤに巻き込まれていたらしく、発見まで時間がかかったと聞きました。そのような状態なので、即死だそうです」

ヒッと短く息を吸い込んだ実希子の背を徹が無言で優しく撫でた。

「おまえ」健二が低い声を出した。「なんでわざわざ自殺とか言った？」

「べつに。もしかしてそう思っているのかなと思って否定しただけですよ」

「しかも聞いてもいない事故の詳細まで聞かせやがって」

「聞いてもいない？　そうでしたか。てっきりそういうことを聞きたいのかと」

「なっ……！」

一歩踏み出した健二の腕を徹が摑《つか》んだ。手を出したりしねぇよ、と健二が吐き捨てた。

圭吾は健二の声など聞こえなかったかのように平然と先を続ける。

「結果的には事故でしたが、姉は遅かれ早かれ亡くなることになったのかもしれません」

「どういうこと?」

「姉の死は呪《のろ》いによって引き起こされたものだったのかもしれないってことです」

「呪い?」

「はい。呪いです。呪いなのだとしたら、あなたたちの方がよく知っているんじゃないですか? 僕なんかよりずっとね」

そう言って、圭吾は実希子たち三人を順に睨《にら》みつけた。正確な顔の位置がわかるはずはないのに、実希子は圭吾としっかり目が合ったと感じた。

「で、僕に聞きたいことはそれだけですか? そろそろ戻らないといけないので」

圭吾はこれでいいだろとばかりに、来た時とは打って変わって勢いのある歩みで去っていった。

自殺とか呪いとか不謹慎なことこの上ない。自分の姉が亡くなったというのによくそんなことを言えるものだ。

ただ、呪いという言葉に心当たりがないわけではない。圭吾の言う通り、実希子たちは圭吾よりも呪いについて知っている。いや、知っていた。ずっと忘れていたのに、圭吾のせいで思い出してしまった。実希子は圭吾を引き留めたことを悔やんだ。

「なんなんだよ、あいつ」

健二は忌々《いまいま》しそうに吐き捨てた。

その口調からすると、健二はあのことをすっかり忘れているみたいだ。そうだ、圭吾の言葉なんて気にすることはない。きっと姉は亡くなったのに幼馴染みがまだ生きていてのんきに立ち話をしているのが気に障《さわ》ったのだ。しかも実希子が呼び止めてしまったから。

「ごめん、私が変なことを聞いちゃったから」

「みきちゃんのせいじゃないよ。実際、なんで亡くなったのかわからないままじゃ気になるしな」

それから健二は、仕切り直すように明るい声を出した。

「俺、実家に車を置いてあるんだけど、よかったら送っていこうか？」

「いや、俺たちは電車で帰るからいいよ。ありがとう」

「そうか……」

長らく付き合いがなかったとはいえ、亡くなった人の最後の友人だと言われては気持ちも塞《ふさ》ぐ。少しでも気分を整えてから帰りたい。健二もそう思って誘ってくれたのだろうが、実希子としては久しぶりに会った健二と三人でいるよりも、気の置けない徹と二人きりになれる方がありがたかった。

沈んだ気分を切り替えるため、実希子は声のトーンを上げた。

「健二くんは普段から車通勤なの？」

「いや、普段は電車通勤だよ。今日は保育園の延長保育でも間に合わないみたいだったから、子供を実家に預けてきた」

「え？　健二、おまえ、子供いるの？」

「保育園児がひとり。で、今、嫁さんは里帰り中。もうすぐ二人目が生まれるんだ」

「二人目！」

実希子と徹が同時に叫ぶと、健二は半歩下がった。

「な、なんだよ。おかしくないだろ」

「おかしくはないけど、変な感じだわ」

「子供のころしか知らない幼馴染みが父親だなんて、下手な冗談みたいだ」

「二十年近くも経ちゃあ、いろいろあるさ……」

三人で斎場を見やる。救急車のサイレンが近づいてきて、道を譲るために車の流れが停まる。赤色灯が斎場の壁を赤く染め、瞬《またた》く間に走り去った。サイレンの音が遠のくと車列が動き出した。流れるヘッドライトが『坪内家』と墨で書かれた立て看板を照らし出す。白く浮かび上がる看板は、遺影よりもよほど郁美の白い肌を思い出させた。救急車を見送る向きに立っている看板は、まるで急患の無事を祈るようだった。

幼馴染みの死に、涙の一つも零《こぼ》さなかった。そんな自分の薄情な一面に消沈していたのも一週間ほどのことだった。

郁美はもうどこにもいないというのに、実希子の日常はなにも変わらない。通勤電車も職場も、郁美がいなくなったことなどお構いなしに進んでいく。

いつしか、郁美のことを忘れているということさえ忘れていた。

「瀬尾ちゃん、ランチ行こ。あれ？　どうした？　トラブル？」

実希子が椅子《いす》をくるりと回して振り向くと、明るい髪色の女性が財布を片手に立っていた。

「吉野先輩、見てくださいよ。またなんです」

指先でつまみ上げた領収書を振って見せる。

「ああ、課長ね」

「何度言っても宿泊費の申請に出張届をつけてくれないんです」

「これはもうわざとだよ。瀬尾ちゃんに構ってほしいんだって」

「なんですか、それ」

中年男性のことを小学生みたいに言うものだから、実希子は笑ってしまう。

「いや、冗談じゃなくてさ。課長は瀬尾ちゃんがお気に入りだからね」

「だったらちゃんと書類は揃《そろ》えて出してくれればいいのに」

「だよねー。ま、あまり嫌なことをされたら私に言って。ぎゃふんと言わせちゃる！」

「ぎゃふんって。今どき誰も言いませんよ」

笑いながらデスクに広げていた領収書の山をまとめて裏返し、席を立つ。外を連れ立って歩きながらも吉野は「あのエロオヤジめ」などとののしり、そのたびに実希子は本人がいないか周囲を確かめなければならなかったが、吉野が代わりに怒ってくれるおかげで自分の気分は落ち着いてきた。

吉野はふわふわのオムライスの卵を豪快に崩しながら、なおも課長対策を練ってくれる。

「瀬尾ちゃんさ、もうすぐ結婚するんだって匂《にお》わせたほうがいいよ。いや、はっきり言うべきだね」

「どういう流れで言うっていうんですか。恥ずかしいですよ」

「どんな流れでもいいよ。婚約者は元ヤンで瀬尾ちゃんを困らせるやつを容赦しないとかなんとか言っときなよ」

「徹はそんな怖い人じゃないです。先輩だって大学時代から知ってるじゃないですか。たしかに、私が困っていれば力になってくれるとは思うけど」

「でしょ。いいの、いいの。嘘《うそ》も方便」

「やですよ、そんな嘘つくの」

そんな調子で笑い合いながら食べたのですっかり時間をとってしまった。

会計を済ませ店の外に出ると、あまりの眩《まぶ》しさに目を細めた。晴天だ。きれいな青空が広がっている。

ふと、もうこの空の下に郁美はいないんだなと気づいて妙な気分になった。何年も会わなかったし、どうしているのかと気にしたこともなかったのに。それでも今までは、実希子の知らないところで生きてはいた。実希子が思い出さなくても生きていた。だけど、もういない。郁美はこんなに気持ちのいい青空が広がっていることを知ることもない。会わないという点では同じなのに、どこかにはいるのと、どこにもいないのとでは大きく異なる。

「瀬尾ちゃん、急がないと昼休み終わっちゃうよ！」

「あっ、待ってくださいよ！」

足早に職場に戻る吉野の背中を小走りで追いかけているうちに、実希子はまた郁美のことを忘れていった。


郁美のことを思い出したり忘れたりを繰り返していたある日、実家から角2の茶封筒に入った一冊のノートが届いた。B5サイズの、学生が使うような一般的なノートだ。無地に近いシンプルな表紙にはタイトルも名前も書かれていない。パラパラとページをめくると、罫線《けいせん》を無視した走り書きで埋め尽くされている。他人に読まれることを意識していない文字に見えた。

自分さえ読めればいいと思って書いた文字は癖も強く出るし、漢字が崩れていたり統一性なくひらがなになっていたりして読み取りにくい。実希子など自分で書いた走り書きさえ読めないことがあるくらいだ。他人の手書き文字など、呪文《じゅもん》が書かれているように見えてしまう。

これほどの文章量の手書き文字を目にしたのはいつ以来だろう。小中高は板書をノートに取っていたし、授業中に友達と手紙を回し合ったりしたから文字を書く機会があったが、大学ではもっぱらノートパソコンを使っていた。手書きするのは試験の解答用紙くらいだった。今では、付箋《ふせん》に書かれたメモか領収書の宛名くらいしか見かけない。実希子自身、メモを残そうとしてもすぐに漢字を思い出せないことが増えてきた。自筆だって見慣れないのだ。ましてや他人の肉筆など生々しくて、書かれた紙に触れることさえ躊躇《ためら》われる。

改めて封筒の中を覗《のぞ》いてみるが、手紙が同封されていないため、このノートがなにを意味するのかさっぱりわからない。

母に電話をすると、圭吾から実希子に渡すように頼まれただけで内容までは知らない、という。

『お通夜の時に実希子に会ったって、圭吾くんが言ってたわよ。その時になにか話したんじゃないの？　てっきり二人の間で話が通じていると思ってたわ』

郁美の死に関する圭吾の不快な物言いと不吉な言葉を思い出し、重たい気分になったが、母には関係のないことだ。つとめて軽く受け流した。

「圭吾くん？　うん、会ったけど、ノートのことなんて言ってなかったよ」

『そうなの？　実希子が忘れているだけじゃなくて？　じゃあ、お母さんの方で圭吾くんに訊いてみようか？　それともあなたの連絡先を教えておく？』

圭吾となんてかかわりたくない。母に仲介してもらったら、今後もなんらかのやり取りが続くかもしれないと思うと憂鬱《ゆううつ》になる。だから慌てて思い出したふりをして誤魔化した。

「あ、そういえば、そんなこと言ってたかもしれないなあ」

『ちょっと、実希子、あなた大丈夫なの？』

「え？　なにが？」

『だって、そんなぼんやりして。話したことも忘れるなんて。疲れているんじゃないの？　悩み事でもあるの？』

「ないない。ちょっとうっかりしてただけだから」

『ならいいけど。じゃあね。ちゃんと渡したからね』

母との電話を切り、ため息をついたあと、再びノートのページをめくった。他人のものを勝手に見てはいけないという良心がそうさせるのか、綴《つづ》られた言葉は記号のようで、なかなか内容が頭に入ってこない。

字面《じづら》を眺める限り、子供の筆跡だと思われた。細くて小さい文字が連なる。圭吾の筆跡を知っているわけではないが、幼いころから視力がよくなかったことを考えると、おそらく圭吾のものではない。となると、このノートはきっと郁美のものだ。郁美の筆跡だって覚えているわけではないが、そう思って見ると、丸みを帯びた文字は女の子が書いたものに見えてくる。誰が書いたのかがわかると、これまで記号のようにしか見えなかったものが徐々に読み取れるようになってきた。

内容は何かの記録のようで、日付と人名で項立てしてあり、それぞれの項目に数行の文章が書かれている。目が慣れてきたとはいえ、他人の手による走り書きは判読するのが難しく、すぐには文字と認識できない箇所も多い。

その中でもいくつかの単語が目についた。おまじない、願いごと、祝福、呪詛《じゅそ》……。

呪詛の文字を目にした実希子は、とっさにノートを閉じた。

前後の文脈はわからない。けれども日常生活では活字であっても目にすることのない言葉だ。

実希子には、これがなんの記録なのかわかってしまった。

間違いない。これは、郁美のノートだ。

これが郁美のノートなのはわかったが、圭吾はいったいどういうつもりで渡してきたのだろう。圭吾の意図がまったくわからない。いくら郁美にとって最後の友人とはいえ、二十年も前の話だ。それに、あの幼馴染《おさななじ》みたちの中でなぜ実希子を選んだのかも理解できない。絵里の代わりに託されたのだろうか。

五人の中でもっともしっかりしていたのは絵里だ。渡すなら絵里に渡すべきだろう。でも通夜《つや》には現れなかった。だからほかの人に渡すことにしたのだろうか。圭吾にしてみれば、徹の実家はとっくに転居していて徹へ繋《つな》がる伝手《つて》はないし、健二はなぜか友好的とは言い難い態度だった。それで実希子にこのノートを託すことにしたのかもしれない。人選についてはひとまず推測できた。

次に、ノートを送り付けてきた理由だ。答えを求めて再度ノートをめくる。手紙は同封されていなくても、メモくらいはついているのではないか。

しかし、よく考えてみれば、圭吾の視力でメモを書くことが可能なのか疑問だ。だから手紙もつけずにノートだけを送るしかなかったのかもしれない。

とはいえ、なんの説明もなくこんなノートを渡されても困る。疑問に思った実希子が圭吾に連絡することを期待されているのだろうか。現在も実家暮らしなら、こちらから連絡をするのは難しいことではない。それこそ、母に繋いでもらう手もある。

ただ、億劫《おっくう》だ。なぜ今になって長らく交流を断っていた幼馴染みの弟と繋がらなければならないのか。実希子はノートをしならせて、パラパラとページをめくった。

すると、中ほどで自然に大きく開いた。写真が一枚、しおりのように挟まっていた。

町内の盆踊り会場での写真だ。子供たちが並んでカメラを正面に見据えている。写真の挟まっていたページに目を走らせてみるが、盆踊りだの祭りだのそれらしい言葉は見つからないから、適当なページに挟んだだけなのだろう。写真を手に取り、改めて眺める。

そこには実希子の姿もある。けれどもこの写真に見覚えはない。おそらく誰かの親がカメラの向こうにいるのだろうが、撮影されたことも覚えていない。

前列に徹、健二、絵里が、後列に郁美と圭吾の姉弟、実希子、徹の兄の修が並ぶ。この顔ぶれがそろっていたのはわずかな時期だけだ。

自分たちは小学校高学年に見えるが、小学生最後の夏休みの五人組は高熱を出して寝込んでいて盆踊りどころではなかったから、それ以前、小学五年生といったところだろう。すると、圭吾は小学二年生、修は中学二年生ということになる。

当時すごく大人っぽく見えた修は、こんなにも幼かったのかと意外な思いで見つめる。三十五歳から見た中学二年生は大人からは程遠い。幼いといっても年相応の姿なのだが、記憶の中の修は、当時の実希子の目を通した、常に三歳年上の修だった。

あのころは、よもや修の年齢を追い越す日が来ようなどとは微塵《みじん》も思わなかった。これからも修とは離れていくばかりだ。

実希子はため息とともにノートを閉じた。

ゆっくりと瞼《まぶた》を開き、合わせていた手を下ろす。供えたばかりの菊の花の白さが目に沁《し》みた。控えめに吹く風が、細い煙を揺らし、線香の香りがふわりと立ち上る。

「兄貴に婚約報告をしたいだなんて、実希子は律儀《りちぎ》だな」

その言葉に含みがあるのではないかと徹を見るが、いつもと変わらぬ笑顔だった。妬《や》いたわけでも呆《あき》れられたわけでもないらしい。それもそうだ。子供のころのことなど気にするはずがない。実希子は安心して再び墓石に目をやった。

側面には修の戒名と、行年二十才の文字が彫られている。修が三度目の大学受験に失敗した年齢だ。

当時高校二年生だった実希子は、修の不合格を知り、来年は一緒に受験できると不謹慎にも少し気分が高揚した。あのころは自分の感情で手一杯で、修の気持ちを推し量ることはなかった。もちろん三度もの失敗は相当なショックだろうと想像はできたけれど、それは妥協せずに志望大学を変えなかったからだし、滑り止めで受験した大学には合格していたのだから、まさか命を絶つほどに思い詰めていたとは気づかなかった。

だが、気づけなかった悔しさと同時に気づけなくて当然だという思いもある。そのころすでに幼馴染み同士の交流はなく、実希子と徹も中学入学以来口をきいていなかったし、その兄ともなれば一層話す機会などない。ましてや、気づいたところで実希子にどうにかできる問題でもない。

修は、犬の散歩で雑木林の前の道を通りかかった住民によって、縊死体《いしたい》として発見された。

そして一年後、徹が都内の大学に進学するのを待っていたかのように、彼の両親は息子のためのアパートを借りると、自分たちは伊豆へと転居したのだった。

修とその一家に起きたことを町内の人はみな知っていた。当然、圭吾だって知っているはずなのだ。そして、そんな大きな出来事を忘れるはずがない。

それなのに通夜の時に自殺だなんて単語を口にしたのは故意だったとしか考えられない。重ねて呪いだのとふざけたことまで言って。姉が亡《な》くなって心が不安定になっているのだろうか。普段の圭吾を知らないから比べようもない。いずれにせよ、関わらない方がいいに決まっている。

と、その時。修の戒名の上を、ネズミほどの大きさの影が駆け上がっていった。

またた。

実際にネズミがいたわけではない。影だけだ。頭上をなにかが横切った影が落ちたのかもしれないと、見上げてみても揺れる梢《こずえ》もなければ、流れる雲も鳥も見当たらない。

——コッ。

乾いた軽い音がした。

墓石の脇《わき》に鉛筆が一本落ちている。影が駆け上がっていた真下だ。

徹が鉛筆を拾い、見上げる。つられて実希子も上を向いたが、頭上には樹木も電線もなく、晴れ渡った空が広がっているだけだった。

「どこから落ちてきたんだ、これ？」

再び鉛筆に視線を戻すと、懐《なつ》かしさが溢《あふ》れた。

「それ……」

「あっ、これって俺らが子供のころにあったやつじゃん。まだあるんだ？」

「ねー。懐かしい」

「子供の落とし物かな」

徹はそう言って、鉛筆を墓所の柵《さく》の上に置いた。

「そろそろ行こうか」

実希子は頷くと、徹と並んで墓地の中を歩き出す。

実希子が歩き始めると、影も動き出した。横になり後ろになり、ちょこまかとついてくる。ただついてくるだけだ。実希子は黙って視界の隅に影をとらえ続けた。徹に伝えたら、見失ってしまう気がした。

影は、けして正面に捉《とら》えることができない。必ず視界の隅に現れ、首《こうべ》を巡らせると影も動く。そのくせ、見ることを放棄すると、さも見捨てられるのを恐れるかのように慌《あわ》てて視界へ戻ってくる。その際も影は隅にいることを忘れない。

生き物ではないのかもしれない。そう思い始めていた。

錯覚。あるいは、なにかの残像を見ているだけ。

ただ、見かけるたびに影が大きくなっているのだけが気にかかる。影だと思っているのが視野欠損だったらどうしよう。いや、でも、それならば影の位置は常に同じはず。影が見える以外の自覚症状はないが、目が疲れているのかもしれない。

きっと今までだったら、目の調子が悪くても病気を疑うことなどなかっただろう。圭吾に会ったからだ。自分にも同じようなことが降りかかるかもしれないという発想が生まれてしまった。

「実希子の実家にも挨拶に行かなくちゃな」

徹の声に、意識が表に返る。

「あ……ごめん。実は私、まだ親に報告してないんだよね」

「え？　そうなの？」

「うん。電話したら、ちょうど郁美ちゃんのこと知らされて、言えなくなっちゃって」

「ああ……そっかあ。そうだよなあ。まあ、ゆっくりでいいか。ここまできて焦《あせ》ることでもないし」

交際は五年だが、友人としても多くの時間を共に過ごしてきた。今さら数週間や数か月の遅れなどどうということもない。それよりも気になっていることがあった。

「ねえ、徹はどうして急に結婚する気になったの？」

「ん？　べつに急ってわけでもないんだ。俺の中ではずっと、いつかは実希子と結婚するんだろうなって思いはあって。今だから言うけど、誕生日のたびに今年こそは、今年こそは、と思っていたんだ」

「え？　そうだったんだ？」

結婚云々《うんぬん》よりも、当然のようにこれから先も一緒にいるのだと思っていてくれたことに胸の奥がくすぐったくなった。

「うん。ただ、実希子はどうなのかって自信がなくて」

「どうして？　私たち、仲良くやっていたと思うけど？」

長い期間一緒にいれば、当然、小さな行き違いや些細《ささい》な衝突はあった。けれども大きな喧嘩に発展したことはない。翌日に持ち越さないどころか、話しているその場で解決する類《たぐい》のものばかりだ。

「うん。そうなんだけど……その、なんだ……実希子はさ、兄貴と結婚したがっていただろ？　だから……」

思わず噴き出した。

「いったいいつの話をしているの？」

「なんだよ、笑うことないだろ」

「だってさ」

「ほら、誕生日プレゼントだって兄貴にだけは忘れずに渡していただろ？」

「ええ？　そうだっけ？　みんなにあげていたと思うけど？」

「いいや。俺、忘れられたことあるもんね」

「ごめん、って」

「兄貴にはあんなに大切にしていた色鉛筆まであげるしさ。ほら、さっき落ちてたあれ」

「色鉛筆じゃなくて、レインボー鉛筆ね」

「それそれ。芯《しん》にいろんな色が混ざっているやつ」

「よく覚えてるね。私が修くんを好きだったのって小学生のころだよ？　それに、修くんが……その、亡くなったのだって、私たちが高校生のころじゃん。昔の話だよ」

「気になるんだから仕方ないだろ」

徹は視線を逸《そ》らした。久しぶりに見る子供っぽい表情に、実希子の口調が自然と和らぐ。

「おお、よしよし。とおるくん、かわいいねぇ」

背伸びをして頭をなでるしぐさをすると、徹は笑いながら払いのけた。

「おちょくってるだろ」

「本当にかわいいなと思ってるよ」

「うそつけ」

「ばれたか」

そうは言ったが、本当に徹はかわいいところがあると思っている。徹の明るく愛嬌《あいきょう》のあるところは大人になっても変わらない。男性のことをかっこいいと感じる心は色《いろ》褪《あ》せることがあっても、かわいいと感じる心は色褪せないと聞いたことがある。真偽のほどはわからないけれど、信じられる気がする。

「まじめな話、修くんへの気持ちを引きずっていたら、最初から徹と付き合ってないよ」

門が近づき、車道の音が聞こえてきたところで、今度は徹が噴き出した。

「え？　なに？　私、変なこと言った？」

「いや。墓地でする話でもないよなと思ってさ」

「たしかに」

「兄貴に、俺の墓の前でいちゃつくんじゃねぇ、って言われそう」

笑い合いながら門を抜け、ふと思い出して足元に目をやったが、もう影はついてきていなかった。

次の週末、実希子は岩倉台の実家にいた。両親に徹との婚約を報告するためだ。電話をかけたところで母に話を奪われることは目に見えているから、直接会って話すことにしたのだった。

それに、圭吾に会って、郁美のノートを返してしまいたかったのもある。むしろ、その方が主な目的だった。

親しくもないかつての友人の遺品を渡されても扱いに困る。しかも雑記帳のようなもの、なにかしらの思いが宿っているのではないかと思ってしまう。呪いなどという、圭吾の悪質な冗談が尾を引いているのかもしれない。

返したくても、圭吾の連絡先など知らない。それでこうして直接押しかけることになってしまったのだ。本人に会えなければ坪内家の郵便受けに入れておこうと思い、封筒も用意してきた。だが、できることなら、直接圭吾に会って、ノートを送ってきた意図を問いただしたい。

両親に話があると言っておいたのに、父はゴルフ練習場へ行って留守だった。徹と結婚することになった旨《むね》を母に伝えると、いつもの陽気さは影を潜めた落ち着いた口調で「おめでとう」と言われた。

「ありがとう。……お母さんのことだから、もっと騒ぐかと思った」

「騒ぐってなによ。あなたたちの問題だもの。結婚してもしなくてもお母さんは気にしないわ」

「そっか」

「結婚するっていうのは、ずっと一緒にいる約束でしょ？　実希子にそういう人がいることが本当に嬉《うれ》しいのよ」

母は心底嬉しそうに微笑《ほほえ》んだ。

「うん。ありがとう」

「式はするんでしょ？」

「まだわかんない。その前に、徹が挨拶に来ると思うんだけど、お父さんの都合はどうかな？」

「そうねぇ。週末はどうせ暇だと思うけど……自分で聞いてみたら？　日が落ちるころには帰ってくると思うわよ」

「でも私、これから行くとこあるし。圭吾くんにノートを返したいの」

あまり遅くならない方がいい。親しい間柄でもないのに夜分に訪問するのは躊躇われる。日中であっても喪中のお宅ではどうなのだろうとは思うが。

「あら。お母さんが送ったノート？　返すの？」

「返すよ。ほかのものならまだしも、ノートだよ？　自筆でいろいろ書かれているのなんて、なんていうか……」

「不気味?」

「……はっきり言うね」

だって、と誰の耳もないのに母は声を潜めた。

「あのご家族、昔から近寄りがたいじゃない」

母は誰とでも気さくに話していたから、そんな風に思っていたとは意外だった。それに、実希子が郁美と遊ぶようになったのだって、親同士が親しくしていたからだ。そのことを告げると、初めは知らなかったから、と言った。

「坪内さん——奥さんのことだけど——聞いたこともないような宗教やっていたでしょ?」

「ああ、うん。郁美ちゃんのお通夜にも信者らしい人たちが来てたよ」

「そう。まだ続けているのね。お母さん、最近あの人とは付き合いないから。別に勧誘されるとかはないんだけどね」

子供のころ、開け放された掃き出し窓から坪内家の居間をよく目にした。郁美の母親は、仏壇に似た観音扉の白木の箱に向かって正座し、読経《どきょう》とも祝詞《のりと》ともつかない、聞き取れない言葉を独特の抑揚で唱えていた。その隣では、まだ幼い郁美が神妙な面持ちで正座をしていて、圭吾は部屋の隅で泣いていた。

当時の光景がありありと浮かび、不安と恐怖がない交ぜになった気分までよみがえってきた。人ごみで親とはぐれてしまった時のような心許《こころもと》なさ。氷の刃《やいば》で刺されたかのように凍《い》てつく痛みが胸を貫く。それは、秘密基地で飼っていた子猫が死んでしまった時の胸の痛みにも似ていた。

郁美がどこからか連れてきた猫は、目やにだらけの瞼を開くことなく一生を終えた。いつも通り五人で集まって、エサを与えようとしたが、すでに硬くなっていたのだ。もっとも可愛《かわい》がっていたはずの郁美ですら抱き上げることなく、皆で立ちすくんだまま猫だった物体を見下ろすしかなかった。その中に最期《さいご》を看取《みと》った者は誰もいない。

日が傾き始めるまで待っていたが、父は帰ってこない。さっきまで引き留めていた母は態度を一転させて、やっぱり暗くなる前に帰ったら、と言い出した。

「きっと実希子が婚約の報告をしにきたって勘づいたんだわ。そんな話聞きたくないもんだからどこかで時間を潰しているのよ」

「まさか。私、三十五だよ？　結婚するのを寂しがる年齢の娘じゃないでしょ」

「私もそう思うけどね。お父さんは違うんじゃない？　まあ、大丈夫よ。お母さんから話しておくから」

父への伝言を頼んで、実希子は実家を後にした。

駅周辺と違って、この辺りは少しも景色が変わっていない。高台になっている上に、住民以外が通り抜けるような道もないため、新たに店が建つこともない。建て替えをした家もなく、どれも同じようにくすんでいるだけだった。

まだ日没には間があるのに、町はひと気がなく閑散としている。家々の窓も固く閉ざされて、空には鳥の一羽も飛んでおらず、辺りには一切の気配が感じられない。

いくつかの偶然が重なっただけで、世界の狭間《はざま》に落ちてしまった気分になる。この世とあの世のあわい。そんなことを考えるのは郁美の話をしたからだろうか。

子供のころの郁美はそんな話ばかりをしていた。占いとかおまじないとかそういう神秘的なものに魅せられていたようだ。女の子たちの間で盛り上がることの多い話題ではあったが、郁美の知識は他者をはるかに凌《しの》いでいた。教室で女の子はよくカーテンにくるまって恋バナなどの内緒話をしたものだが、郁美のクラスではカーテンの内側は占いの館《やかた》と呼ばれていて、郁美に占ってもらいたい子が行列をつくっていた。タロットカードを持っていたのも郁美だけだったし、占星術はホロスコープ作成から始めるという徹底ぶりだった。

占いの中でも特に人気があったのは、いわくら様だ。こっくりさんやエンゼル様に似た、精霊だか神様だかを呼び出すもので、碁石のような平らな石を使っていた。その石に郁美と相談者がそれぞれ指一本を乗せて質問をすると、石が勝手に動いて五十音の書かれた紙の上を一文字ずつ辿《たど》ることで回答が授けられるのだという。

いわくら様はなんでも知っていた。失《う》せもの探しでは見つからないものはなかったし、恋の相談では脈の有り無しを言い当てた。時にはそれがトラブルを招くこともあった。なくしたと思っていたイチゴの匂い付き消しゴムが実は盗まれていたり、片想《かたおも》いをずっと応援してくれていた親友が実は相手の男の子に相談者の悪口を吹き込んでいたことが発覚したりした。

いわくら様は真実を教えてくれるが、それに付随して、望まぬ真実をも明るみに出した。そのたびにクラスの女子たちは対立と混乱に陥り、それが収束する兆《きざ》しが見えたころにはまた次の相談者が現れた。

相談者たちは、自分はそんな悪意とは無関係だと信じ切っていたのだろう。しかしほかの子はむしろ相談者の問題が解決することよりも、次はどんな秘密が暴《あば》かれるのかということの方に興味を持っていたようにも思う。

いわくら様の厄介なところはそれだけではなかった。呼び出す際には、石を五十音の上に描かれたひらがなの「へ」に似た山の形の絵に置いて、「いわくら様、いわくら様。どうかおいでませ。お教えくださいませ」と唱え、終わる際には「いわくら様、いわくら様。ありがとうございました。どうぞお帰りくださいませ」と唱える。そして、山の絵に石が戻るまでは、指を離してはいけないことになっていた。親友に悪口を言われていた女の子は、怒りのあまり指を離して親友に詰め寄った。その子はよほど興奮したのか鼻血が出て保健室に行くと、翌日から欠席が続き、いつの間にか転校していた。

ほかにも、「いわくら様、いわくら様。ありがとうございました。どうぞお帰りくださいませ」と何度唱えても、いわくら様がなかなか山に帰ってくれなかったことがある。予鈴が鳴っても帰ってくれず、郁美の声には焦りがにじみ、相手の女の子は声を上げて泣いていた。クラスの女子たちがカーテンの外側でハラハラしながら見守っていると、何度か「絶対に指を離さないで！」と郁美の強い声が聞こえてきた。本鈴と同時に帰ったらしく、ぎりぎり先生には見つからずにすんだ。あとで聞いたところによると、いわくら様は帰る前に『ゆかいだな』の五文字を示したらしい。いたぶって楽しんでいたのだ。

いわくら様で使っている石は、秘密基地に落ちていたものだった。土を掘り返していると土器の破片がよく出てきたが、たまにつやつやした小石が見つかることもあったのだ。その小石はただの石にしては不自然なほど滑らかだった。土器などと同じように古代の人々がなにかの道具として形を整えたものだったのだろう。石にも特別なまじないがかけられていたのかもしれない。誰にでもできるこっくりさんやエンゼル様と違って、いわくら様は郁美しか呼び出すことができなかった。

――魔女。

郁美はそう呼ばれていた。女の子たちはなにかあると郁美を取り囲み、占いを求めたり、いいおまじないがあったら教えてとねだったりした。そしてほとんどの場合、郁美はその期待に応《こた》えていた。郁美が教えるおまじないの評判はすこぶるよかったから成功率は高かったということだろう。

郁美の家の前に立つと、門柱にある〈坪内〉の表札の角が欠けているのが目についた。インターフォンはカメラのない型だ。プラスティックの表面が日光と乾燥によって白くかさついている。ボタンを押しても手ごたえがなかった。壊れているのかもしれない。

「こんにちはー！」

玄関に向かって声をかけ、しばし待つ。かつては大声で郁美の名を呼んだことを思い出す。いーくーみーちゃん、あーそぼ。その郁美はもういない。

「こんにちはー！」

ドアは開かない。

「すみませーん！」

何度か声をあげたが、家はしんと静まり、誰かが出てくる気配は微塵もない。いるのに聞こえていないのか、それとも留守にしているのか、判断がつかない。

表札の下の郵便受けは横幅が広く、ノートを入れられそうだ。圭吾に会えないのならば、予定通りにノートを封筒に入れてこの四角い穴に放り込んでおけばいい。会おうと思っていたくせに、圭吾が不在でほっとしている自分もいた。ノートを送ってきた理由は知りたいが、通夜の時の言葉を思い出すと圭吾に会いたいとはとても思えない。

圭吾は子供のころから相手を不快にさせる話し方をする子だっただろうか。思い出せない。思い出せるほど会話を交わしたことはなかった。秘密基地は五人だけの場所だったから、圭吾がついてこようとすると、実希子たちは走ったり隠れたりしてまいたものだった。

秘密基地——当時まだ販売区画外だった雑木林。あれは、どこだっただろう。見渡してみても住宅しかない。実希子はノートを手にしたまま町外れを目指して歩き出した。日の位置が低くなり、あらゆるものの影が伸びている。相変わらずひと気はない。

暮れかかる町を実希子は足早に進む。小学生の時以来足を向けていないのに、曲がるべき道に出るとすぐにわかる。取り出す機会のなかった記憶は、埋もれていただけで消えたわけではないらしい。

あれからもう二十年以上経《た》っている。雑木林は整地され、とっくに住宅地になっていることだろう。あるいは隣接していた小高い山だけは残っているかもしれない。あの山の向こう側は墓地になっていたはずだ。けれどもここからではひしめき合う屋根が邪魔をして山があるのかどうかもわからない。

通りかかった家の玄関がガチャリと開錠される音がした。反射的に目を向け、はっとした。表札の名は〈進藤〉。絵里の家だ。

玄関から出てきたのは、ボストンバッグと大きなトートバッグを持った年配の女性だった。家の前に人がいるとは思わなかったらしく、実希子を見て眉《まゆ》が上がった。髪を染めそびれたのか、頭頂部の根元が白く伸びかかっている。あちらが先に口を開いた。

「みきちゃん……？」

ひと目で言い当てられたことに驚きながら、頷《うなず》く。

「お久しぶりです」

そう挨拶《あいさつ》したものの、ほかの道で会ったなら、すぐには絵里の母親だとは気づかなかっただろう。郁美の通夜で、健二が実希子を見知らぬ人だと思ったのもわかる気がした。記憶というのはずいぶんと頼りないものだ。

「本当に久しぶりねぇ。ご実家に行ってきたの？　お母さん、元気にされているかしら？」

「はい。元気すぎるくらいでした」

母は郁美の母親とは付き合いがないと言っていたが、絵里の家ともらしい。郁美の家と違って、絵里のところはこれといって気に掛かることなどない家だ。子供たちは親の交友関係に準じていると思っていたが、親の方も、子供が同い年だからという理由で親しくしていただけなのかもしれない。

それにしても、よく実希子だとわかったものだ。健二にはわからなかったというのに。ひと目でわかるほど子供のころと印象が変わっていないのだとしたら、嬉しいような悲しいような、不思議な気分になる。

「おばさんは」

自然に昔の呼び方をしてしまい、誤魔化すように笑うと、相手も懐かしそうに笑った。なのでそのまま続ける。

「おばさんは、旅行ですか？」

二つのバッグを視線で示しながら問いかける。正確な答えなど期待していない、挨拶の延長みたいなものだ。けれども、返ってきたのは意外にも駅の近くにある総合病院の名称だった。岩倉台総合病院。

「絵里がね、入院しているのよ」

「えっ。絵里ちゃん、どうしたんですか？」

言った後で不躾《ぶしつけ》な質問だったことに気づき、下唇を小さく噛《か》み締めた。

幸い、絵里の母は意に介した様子もなく話し始めた。

「それがね、あの子ったら間抜けなのよ。今は一人暮らしをしているんだけどね、この前、ほら、郁美ちゃんのお通夜の日に」

予期せぬところで出た郁美の名前に肩が跳ね上がる。誤魔化すようにバッグを持ち替えたが、今度も絵里の母は気にしていないようだった。

「こっちに来て家のことを手伝ってくれてたの。そしたら、郁美ちゃんのことがあったでしょう。だから、近くにいるんだし行って来たらって、送り出したのよ」

「そうなんですか？　斎場では見かけませんでした。行った時間が違ったのかもしれませんね」

やはり来てはいたのだ。だからどうだということではないのだが、徹にも教えてあげようと思ったところで、「違うのよ」と思考を遮られた。

「行く途中で転んで骨折したの」

「転んで骨折？　いったいどこで？」

絵里もみんなと同い年だから三十五歳だ。高齢者ならいざ知らず、この年でも転んだ程度で骨折などするものだろうか。

「それがよくわからないの。たぶん近道をしようとして雑木林の横の階段をおりて行ったんだとは思うんだけど。あの子は転んだって言っているけど、階段で足を踏み外して何段か落ちたんじゃないかしらねぇ」

「雑木林、ですか……」

「あら。覚えてない？　あなたたち、よくあそこで遊んでいたじゃない。あそこ、今はとても通れる状態じゃないのよ。ただでさえ荒れ放題なのに、この夏は豪雨が多かったでしょ？　土砂崩れを起こしてて、階段にまで土が流れ出ているし。絵里に教えておけばよかったんだろうけど、まさかそんな道を通るなんて思わなくて」

「まだ雑木林のままなんですか？　あの辺りって、宅地造成工事していませんでした？」

「そうだったかしら？　でもまだ雑木林は残っているわよ。バブルが崩壊して宅地開発も頓挫《とんざ》したのかもしれないわねぇ」

当時は子供だったので、よくわかっていなかったが、実希子たちが越して来たころにはバブル崩壊を迎えている。バブル崩壊後は急速に不景気に突入していったことを考えると、当初の宅地計画が白紙になっていたとしても不思議はない。

「その雑木林ってどこでしたっけ？」

「ほら、そこの角を右に行って……」

静かな住宅街にカツカツと乾いた音が響いたかと思うと、絵里の母が指差した角から、白杖《はくじょう》にスーツ姿の圭吾が現れた。

圭吾は、通夜で会った際にはかけていなかった色の濃いサングラス姿だった。ファッションでかけるものとは違い、水泳のゴーグルのように上部と側面も覆《おお》われているサングラスだ。極力眩《まぶ》しさを軽減させるつくりになっているのだろう。実希子はそんな形状のサングラスがあることを初めて知った。そしてスーツを着ているから会社員なのだろうが、その手にビジネスバッグはない。代わりに黒いリュックを背負っている。右手には白杖が握られているから、ビジネスバッグだと両手がふさがって危ないのかもしれない。

近づいてきた圭吾に絵里の母が声をかける。

「圭吾くん、お帰りなさい」

圭吾は足を止めた。

「進藤さん？　どうもこんにちは」

「やだわ、もう圭吾くんが帰ってくる時間なのね。みきちゃん、バタバタでごめんなさいね。おばちゃん、病院に行かなくちゃ」

「あ、はい。引き留めてすみませんでした。今度お見舞いに行かせてください」

「やだ、そんな気を遣わないで。でも絵里も会えたら喜ぶと思うわ。ありがとね、みきちゃん。絵里のことを心配してくれて」

絵里の母はバッグを抱え直すと足早に去っていった。絵里のことを誰かに話したかったのかもしれない、と気づいたのは、少し猫背の後ろ姿が見えなくなってからだった。

　日は落ち始めると早い。わずかな時間の立ち話だと思ったが、辺りには薄闇《うすやみ》が訪れ、空を群青色《ぐんじょういろ》に染めていた。子供のころならば慌てて家に帰る時間だ。家々では夕食の準備が進み、魚を焼く匂《にお》いや肉を炒《いた》める匂い、時にはカレーやハンバーグの匂いを嗅《か》ぎ分けられたほどだった。今はなんの匂いも漂ってこない。子供のいない町とはこれほどまでに生活の気配が希薄になるものなのか。

　圭吾が歩き出す。実希子はとっさに呼び止めた。

「待って！　圭吾くん」

　圭吾が振り向くのを待って名乗る。

「実希子よ。瀬尾実希子」

　やはりぼんやりと形くらいは見えているらしく、視線は合わないものの実希子の顔の辺りに目を向けている。

「……ああ。おばさんが呼んでいた〈みきちゃん〉って実希子ちゃんのことでしたか。僕になにか用事が？」

　実希子はノートを圭吾の胸に押し付けた。圭吾は黙って受け止めた。

「ノートを返しに来たの」

「ちゃんと手元に届いたんですね。よかった」

「ちっともよくない。なんのためにノートを送ってきたの?」

「読んだならわかるでしょう?」

「読んでないよ。興味ないから」

「読んでください。姉の遺書だと思って」

圭吾がノートを突き返してきた。動きにつられてつい受け取ってしまう。その瞬間、迷惑だという気持ちが強く湧《わ》き上がり、つい顔をしかめた。圭吾に見られることはないとわかっていても後ろめたくなり、そっと顔を伏せる。

これが親とか徹とかが書き残したノートであったなら、隅々まで読んで大切に保管するだろう。けれども郁美とはとっくに縁が切れているし、正直なところ、小学生のころだって仲のいいふりをしていただけだった。

母が言うように、どこか不気味だった。クラスの女の子たちがある種の尊敬をこめていた〈魔女〉という呼び名からも、実希子には黒魔術を扱う姿しか思い浮かばなかった。クラスの子は知らないのだ。郁美が秘密基地でなにをしていたのかを。

秘密基地では五人一緒に遊ぶこともあったが、大抵は各々《おのおの》好きなことをして過ごしていた。だから郁美がなにをしているか知ってはいたが、口出しする者は誰もいなかった。場所を共有するだけの仲間。それが自分たち幼馴染《おさななじ》みの形だった。

「もういいですか？　今日は懐中電灯を持っていないので暗くなる前に家につきたいんです。明るすぎても暗すぎても見えないんで」

言うが早いか圭吾は塀に沿って歩き出した。わずかな間にも空は暗さを増し、辺りは夜の色が濃くなっていく。住宅街なので当然街灯はあるのだが、圭吾にとってはその明かりだけでは足りないということなのだろう。カツカツと杖の音が遠のいていく。

実希子は気持ちを切り替えて大きく一つ息を吐くと、ノートをバッグにしまい、駅へと向かった。


徹と並んで面会票に記入していると、背後から「みきちゃん」と声がした。絵里の母だった。事前に訪問時間を伝えていたため、ナースステーションの前の談話室で待っていてくれたらしい。

「本当に来てくれたのね。ありがとね」

「いいえ。絵里ちゃんに会いたいですし」

「あの子も楽しみに待っているわ。えっと、そちらは……」

「ご無沙汰《ぶさた》しています。刈谷徹です」

「刈谷って……あの徹くん？　まあ、立派になって」

「いえ、そんなことは……」

「ご両親はお元気？」

「はい。おかげさまで。気ままに暮らしているようです」

「それはよかったわ。あんなことがあったから、立ち直るのに時間がかかったでしょうけど」

「……ああ……はい」

徹がわずかに眉根を寄せたことに絵里の母は気づかない。兄が自ら命を絶ったことから徹はまだ立ち直っていない。きっと当時すでに大人だった人にはわからない。年上だったはずの修の年齢を追い越し、どんどん引き離していく側の気持ちなんて。憧《あこが》れていた存在を置き去りにして大人になっていく気持ちなんて。

実希子はそっと徹の背を撫《な》でた。筋肉が張って固くこわばっているのが服の上からでも伝わってきた。

「あらいけない。こんなところで話していてもしょうがないわね。絵里の病室はこっちよ」

ナースステーションから三つ目の六人部屋に〈進藤絵里〉のプレートがあった。進藤姓のままだ。一人暮らしをしているとは聞いたが、独身なんだ、と改めて思う。徹との結婚が決まってから、今までは気にも留めなかった他人の結婚状況が気になる。自分のこととはなにも関係ないはずなのに不思議なものだ。

同室の患者たちに会釈《えしやく》をしながら窓際《まどぎわ》に向かうと、ベッドの上でノートパソコンのキーを叩《たた》いているショートヘアの女性がいた。

「ちょっとごめん」と顔も上げずに言った。「すぐ終わるから、このメールだけ送らせて」

絵里の母が困ったように眉根を寄せた。

「ごめんなさいね。せっかく来てもらったのに。この子ったら、ずっとこの調子で」

実希子たちは笑顔で首を振って、絵里の様子を静かに見守った。髪型が変わったほかは、実希子の知っている絵里と印象は大きく変わらない。意志の強そうな大きな目も奥歯をかみしめるように引き結ばれた唇もあのころのままだった。子供のころは肩より長いセミロングにカチューシャをしていたが、今はベリーショートからの伸ばしかけのような短めのショートカットだ。絵里の凛《りん》とした顔立ちには、セミロングよりもずっとよく似合っている。体型は細身だが華奢《きやしや》ではない。背筋が伸びて姿勢もいい。

普段から健康に気をつかってジムにでも通っているのか、パジャマの上からでも引き締まっているのがわかる。

そんな健康そうな容姿だけに、怪我《けが》が痛々しい。ギプスをしているのは右足だが、手首にも包帯を巻いている。手の方は捻挫《ねんざ》だろうか。痛みがないわけではないだろうに、そんな手でもパソコンを操作し続けている。

やがて勢いよくエンターキーを叩くと、そのままノートパソコンの蓋《ふた》を閉じた。ようやく絵里と目が合う。

「みきちゃんが来てくれるとは聞いていたけど、まさか徹くんも一緒だとは思わなかったな」

絵里はまるで昨日会ったばかりの友人みたいに話しかけてきた。

「健二くんにも声をかけたんだけど、都合がつかなかったみたいで」

「へぇ。みんなは連絡とり合っているんだ?」

「あ、いや、健二くんとは、その、偶然というか……」

病院という場所でははっきり言うのははばかられた。すぐさま察した絵里が小刻みに頷く。

「ああ、この前の、ね」

「うん。そう。この前の……あ、そうだ。これ、お見舞い」

花束を手渡すと、絵里はお礼を述べてから母親に差し出した。

「お母さん、花瓶あったよね？」

「この前、洗って戸棚に入れたわよ」

シャッと音がした。どこかのベッドでカーテンが引かれたようだ。

ベッドサイドの小さな戸棚を漁《あさ》る母親の姿を見ながら、絵里は声のボリュームを落とした。

「お母さん、お花お願いね。私たち、談話室で話すね。……行こ」

絵里はゆっくりではあるが慣れた動作で車椅子《くるまいす》に移る。絵里が自分で車輪に手をかけようとしたが、徹はそれを制して車椅子を押し始めた。

談話室といっても壁で仕切られているわけではなく、ナースステーションの向かいにある開放的なスペースのことだった。テーブルと椅子、飲み物の自動販売機、公衆電話、小さな本棚。あるものといえばそれくらいだ。

整形外科の病棟は比較的元気な患者が多いと聞くが、まったくその通りに見えた。患部の他は健康だからなのだろう、動きは不自由そうだが将棋を指す人もあれば、笑い声を上げて語らう人たちもいる。内臓疾患とは違い食事制限もないのかスナック菓子や菓子パンを食べている学生らしき人もいる。

実希子たちは絵里の指示で窓際の端に落ち着いた。怪我をしているといくつものテーブルを避けて奥までたどり着くのが億劫《おっくう》なのか、窓際のテーブルはどれも空いていた。

「今日は来てくれて本当にありがとう」

絵里は重々しい口調で礼を述べて頭を下げた。

「なんだよ、大袈裟《おおげさ》だな」

「そうだよ。急に改まってどうしたの？」

病室での気さくな様子とまるで違う態度に戸惑いつつも、深刻になりすぎないように実希子も徹も笑顔で応じた。すると絵里は急に胸を押さえて体を丸めた。

「絵里ちゃん！　どうしたの？　大丈夫？」

「大丈夫？　どこか痛むのか？」

実希子と徹が車椅子の脇《わき》に屈《かが》んで絵里の顔を覗《のぞ》き込むと、すぐに絵里は上体を起こした。

「ごめん。もう大丈夫。ちょっと胸がズキッとしただけ」

「肋骨《ろっこつ》も痛めたのか？」

「ううん。手足の骨折だけだよ。なんだろう。わからないけど、もう痛くないよ」

そう言って絵里は手のひらで胸を軽く叩いて見せた。

「絵里ちゃん、ちゃんと診てもらって」

「そうだよ。その方がいいって」

「うん。そうだね。次の診察の時に言ってみるよ。それより、聞いてほしいことがあるんだ」

身を乗り出し、声を落とした絵里の様子に、徹と顔を見合わせた。絵里の顔からは笑みが消え、真剣な目をしている。さっきまでの明るい態度は、親を心配させまいとしての振る舞いだったのだろう。

「あの日、私、見たの」

絵里はそれだけ言ってうつむいてしまった。

絵里の視線の先では、組んだ両手の指先が白くなっている。話し始めるのを待つが、呼吸が早くなるだけで、口を開く気配がない。こちらにまで絵里の動悸《どうき》が伝わってきそうで緊張の限界だった。

「あの日って？」

「見たってなにを？」

徹と同時に問いかけた。

絵里が視線を上げて口を開く。

「……猫よ」

「猫？」

またしても徹と声が重なる。顔を見合わせる。

深刻な顔をしてなにを言うかと思ったら、猫を見た？

「あの日……郁美のお通夜《つや》の日、別にそのために帰ってきたわけじゃなかったの。母がね、ここのところ腰が痛くてつらいっていうから、買い物やら家事やらをやってあげようと思って。うちは父がいないし。私も有給休暇を消化しなきゃならないし、ちょうどいいやって」

猫の話ではなかったのか。そう思ったが、話を遮らないように頷くだけに留めた。

一度話し始めたら、絵里の舌は滑らかだった。

「私が夕飯の支度を始めようとしたら、夕飯は気にしなくていいから、郁美ちゃんのお通夜に行ってくればって言われたの。そのまま帰って平気だからって。だから簡単な夕飯を作って、家を出たのね。今さら小学校時代の友達のお通夜って行くべきなのかどうかわからなかったんだけど、母は行けそうもないし、うちから誰か一人は行った方がいいんじゃないかと思ったの。斎場は駅までの通り道だし、ちょっと寄っていけばいいか、って」

一世帯から一人行けばいいというのはわかる。実希子も瀬尾家代表の役を体よく母に押し付けられた気がしないでもない。それでも久しぶりに健二に会えたし、行ってよかったと思っている。

話し始める前のためらいはどこへ消えたのか、絵里は頭の中のことを言葉に変換するのすらもどかしそうに早口に語る。

「母の手伝いが終わった時点で、その日私のやるべきことは終わった気分だった。悪いとは思うけど、正直、お通夜は終わるころに行って形だけ参列すればいいやと思っていて。早く済ませてしまいたかった。だから近道をするために、雑木林の横の階段を下りて行ったの」

秘密基地があった雑木林だ。駅へ向かうバスの停留所がある通りは歩きやすいが、雑木林をなぞるように大きく迂回《うかい》しながら高台を下りていく。その半円を突っ切るように古い階段があった。そこを通れば歩く距離も短く済むし、下りならばバス通りを歩く時間の半分もかからないはずだ。絵里はそこの階段で怪我をしたと聞いている。

「いつもは駅までバスかタクシーで帰るから、あの道を通るのは久しぶりだった。古い街灯で明かりが暗かったけど、足元が見えないほどではなかったし、階段の上の方はまだよかったの。でも下っていくとどんどん道幅が狭くなってきて。雑木林の草や枝が階段にまではみ出してきているのよ。土や泥が階段の段差を埋めているところもあって。あの高台の辺りに住んでいるのも年配の人ばかりだから階段なんて使わないんでしょうね。そんなことに気づいたころにはもうだいぶ階段を下りていて、上の道に戻るのは面倒で……」

子供のころでもあの雑木林はうっそうとしていた。間伐などしていない手つかずの林。地面は腐葉土でふかふかと柔らかく、晴れた日でもしっとりとした空気が満ちていた。奥の方に行けばクマザサやシダが生い茂って水辺もないのに雨上がりのような匂いがした。

駅前の大通りへ続くコンクリートの階段も湿った色をしていた。おそらく新興住宅地になる前からある階段で、土地の持ち主が山の尾根に上るために造ったものだったのだろう。あの雑木林が住宅地になっていれば階段も新しいものに造り替えられたに違いない。けれどもまだあの雑木林があるというなら、階段も当時のままなのかもしれない。そんな道を日が落ちてから一人で歩く状況を思い浮かべて、実希子は自らの腕を抱いた。

「よく怖くなかったな」

顔をしかめる徹に、絵里は「そりゃあ怖かったよ」と言った。

「怖かったから小走りで下りて行ったの。自分の足音が聞こえると少しだけ怖さが和らいだし。そしたら、雑木林の奥からガサガサと音が近づいてくるの。そういえば奥に防空壕《ぼうくうごう》の跡があったなって思い出して、そこに誰かが潜んでいたのかもしれないとか、そういうことを一瞬で考えちゃって、足を早めたの」

絵里はどんどん早口になっていく。

「でも音が近づいてくると、それほど大きくないものが地面の近くを走っているような音なのがわかって。だから不審者とかではないなと思ってちょっと気が緩んでいたのかもしれない」

座って話しているだけなのに、絵里は走った後のように肩が上下している。息が上がって苦しそうなのに、絵里は顔をしかめながら話し続ける。

「ガサッて音と一緒に影の塊みたいなものが飛び出してきたの。ちょうど私が次の一歩を踏み出すところに。なんだかわからないなりに、よけなきゃって意識が働いて、グラ瞬間的に着地する位置を少しずらしたの。そうしたら、そこの段が緩んでいて、グラッとして……」

情景がまざまざと浮かんで、実希子は思わず息を呑《の》んだ。両手で口元を覆って硬直していると、徹が背中を優しく撫でてくれた。けれど息を呑んだのは、絵里の事故の様子を思い浮かべたからだけではない。絵里が〈影〉と言ったからだ。このところよく現れるあの影と関係があるのではないかと思ったのだ。

絵里は正座したような格好で十段近く落ちていったという。意識はあったものの、足を動かすと全身を突き抜けるような痛みが走り、何度も呻《うめ》き声を上げたが、誰に届くわけでもない。這《は》うようにして辺りに散らばった荷物を集め、自ら救急に連絡したそうだ。階段の上では先ほどの〈影〉がずっと佇《たたず》んでいて、救急車のサイレンが近づいてきてようやく姿を消したらしい。

「あっ！　あの時の救急車か！」

徹は大きな声を出したことに気づくと「わりぃ」と手刀を切りながら周囲を見回した。

「あの時のってどういうこと？」

実希子が問いかけると、徹はもどかしそうに人差し指を振った。

「ほら、あの時だよ。お通夜の後、健二と話していたら救急車が通っただろ」

去っていく圭吾の背中を見送ったあと、斎場の前の通りを救急車が走っていったことを思い出した。

「あっ、そういえば」

「そうか、あの救急車に乗ってたのは絵里だったのか」

「うん、たぶんそれ、私」

「大変だったな……それで、なんだったわけ？　その〈影〉って」

徹の問いかけに、絵里は指を何度も縦に振った。

「そう、それよ、それ。黒猫だと思うの。これくらいの」

そう言って両手で拳大《こぶし》の空気を丸めた。

「そこで猫の話になるわけか」

「ただの猫じゃないわ。あれは……」

絵里は顎《あご》を上げ、全身の痛みに耐えているかのようなかすれた声で言った。

「……私たちが死なせた猫よ」

病院を後にして電車に乗っても、実希子と徹は言葉を交わさなかった。帰り道はわかっているし、沈黙が気詰まりになるような短い付き合いでもない。だから沈黙そのものが二人の間を重く漂っているわけではなかった。

乗り換えをする横浜駅はまだ先なのに、「降りようか」と徹が言った。頷いて電車を降りる。

再び口を閉ざしたまま港まで歩いた。海を見渡す山下公園は親子連れやカップルで溢《あふ》れていた。普段は人混みにうんざりする方なのだが、今日は心がほどけていく。海に向いたベンチに並んで腰かける。遊覧船が汽笛を鳴らして出航していった。徐々に小さくなっていく遊覧船を眺めつつ、実希子は口を開いた。

「あの話、どう思う？」

「猫の話？　どうって、どう考えたって絵里の思い込みだろ」

徹は問いかけにすぐに応じた。興味なさそうに言ったところで、徹も内心では気にしていたのは明らかだ。徹もずっとそのことを考えていたから、猫の件を指しているとわかったのだろう。

「思い込み、ならいいんだけど」

「死んだ猫が現れたって？　二十数年ぶりに？　仮にあの猫が生きていたとしても二十年も経てばあの世に行っているよ。飼い猫とはわけが違う」

「猫にもあの世ってあるの？」

「知らないよ。そこ突っ込むかなあ」

徹が困ったように笑うから、実希子も軽く笑みを浮かべる。

絵里は雑木林から出てきた影は黒猫だったと言っている。しかも小学生のころに秘密基地で飼っていた黒猫だと。郁美が拾ってきた子猫。生まれたてで、目も開かないほど小さな子。それとも、もう目が見える時期にもかかわらず、なにかに感染して目やにがひどかったのだろうか。それで瞼《まぶた》が開かなかったのだろうか。大人になった今でもその区別がつく自信はない。

だけど、あの猫は死んでいるのだ。五人で見たではないか。徹がそう指摘すると、そのことは絵里も覚えていた。事実を認めた上で、同じ猫だと言ったのだ。

「変な話だって、自分でもわかってる。でもどうしても頭から離れなくて。だけど誰に話せばいいのかわからなくて。転倒した時に頭でも打っておかしなことを言ってるって思われるのがオチだもの」

絵里は真剣な顔をしてそう言った。

罪悪感なのだろう。絵里は、自分たちがあの猫を死なせたと思っている。育て方などわからなかったという意味では、たしかに死なせたのは自分たちかもしれない。動物病院に連れていって適切な処置をして、誰かの家で飼っていれば、あるいは死なずに済んだのかもしれない。

厳しい見方をすれば、無知は罪かもしれない。ひとつの命を救えなかったという罪。だけどそれで『死なせた』とするのは思い詰めすぎではないか。

けれども同じ言葉を聞いても徹は違う解釈をしていた。

「絵里はさ、あの時の黒猫を誰かが殺したと思っているんじゃないかな」

「え？　私たちの中の誰かがってこと？」

「うん。あ……いや、わからないけど、『死なせた猫』って言い方が引っかかるんだよな」

『死んだ』でも『殺した』でもなく、『死なせた』。図らずも死にかかわってしまった戸惑いのようなものを感じる物言いだ。

「秘密基地に行った時にはもう死後硬直していたじゃない。誰も猫の最期《さいご》を見ていないはずだよ」

「だよなあ。前日だってみんな一緒に帰っているんだし」

前日は特に弱っている様子はなかったのだ。だからみんななにも気にせず、いつも通り猫を残して帰ったのだ。思うに、あの猫は生まれつき身体《からだ》が弱いか、病気になっていたのだ。だから母猫は世話をやめたのではないだろうか。寿命だったのだと思う。

「それなのに」と、徹が言いかけて言葉を切った。

言い淀《よど》んだまま口をつぐんでいるから、先を実希子が引き取る。

「絵里は誰かが殺したから呪《のろ》われたと思っているよね」

徹が頷く。

「呪いなんて言葉、絵里の口から出るとは思わなかったな」

「そうだね。絵里はそういうの信じないタイプかと思ってた」

「だよな。郁美ならともかく」

郁美なら――そういえば、圭吾の口からも〈呪い〉という言葉が出た。普段の暮らしの中でそんな言葉を耳にする機会など多くない。子供ならまだしも、三十代の大人が真面目《まじめ》に口にする単語ではない。それなのに最近になって二度も聞くことになろうとは。

「あー！　カモメー！」

小学校低学年くらいの男の子が、繋《つな》いでいた母親の手を離して海に向かって駆けていく。母親は慌《あわ》てて追いかけ、柵《さく》の手前で背中から抱き締めた。

海上の風に乗るカモメはキューキュー鳴きながら、次々に氷川丸《ひかわまる》を係留している鎖にとまっていく。一羽残らず風上を向いて、隙間《すきま》なく並んでいる。

日差しは眩しく、風は穏やかで、呪いなんて言葉はこの世に存在しないように思えた。

隣からフッと空気が漏れるような笑いが聞こえた。

「まあ、あれだな。絵里は怪我をしてナーバスになっているだけだろ。きっと後から理由をつけちゃったんじゃないかな」

「絵里ちゃんの作り話ってこと?」

「いや、そこまでは言ってないよ。黒猫が飛び出してきて、それをよけたら転んだ、そういうことなんだろうな。そこに昔のことを絡《から》めて理由付けするのは、ちょっと飛躍しすぎなんじゃないかとは思うよ。第一、呪いなんて現代社会に存在すると思うか? しかも猫が呪うってピンとこないよ」

「でもほら、動物霊とかあるし」

「あるの?」

「あ、いや……どうかな。言葉としてはあるけど、存在するかって言われると自信ない」

「だろ? そうなんだよ。結局ありもしないものに怯《おび》えているんだって」

「うん。そうかあ。そうかもね」

視線を遠くに飛ばすと、目の前の海面に黒い影が落ちるのが見えた。カモメの影かと思ったが、飛んでいるものは一羽もいなかった。魚影だろうか。川で見かける黒い鯉《こい》に似ている。だが海に鯉はいないし、そんな大きな魚が岸の近くに来るのを見たことがない。影は氷川丸の方へと泳いでいく。

鎖にとまっていたカモメが一斉に飛んだ。バサァと分厚い布を広げたような音がした。男の子がはしゃいで叫ぶ。カモメの群れは公園を旋回し、海の彼方《かなた》へ飛んで行く。

カモメにつられたのか、背後の芝生を歩いていた鳩《はと》までもが一斉に飛び立った。羽が頭上を掠《かす》め、慌てて頭を下げた。辺りの女性たちが短い悲鳴を上げた。

すべてはわずかな時間のことで、すぐに辺りは何事もなかったかのように動き出す。実希子が顔を上げた時には、どこにも鳥の姿はなく、波間を縫う影も見当たらなかった。自分はここから一歩も動いていないのに、迷子になったような不安に襲われる。

「さて。そろそろ行くか」

立ち上がった徹から、手が差し伸べられた。その手を握ると少し心が落ち着いた。

「中華街で飯でも食ってこ」

「うん」

岸壁から這い上がってくる影が見えた気がしたが、急いで目を逸《そ》らし、徹の腕に抱きついた。徹は腕を引き寄せて歩き出す。なにが食べたいかと聞かれる。えーとね、と回らない頭で考える。

中華街の煌《きら》びやかな朝陽門をくぐったころには影のことなど忘れていた。

2　ドワーフと魔女　──進藤絵里

「影のことなんだけど」

絵里は歩行器から椅子《いす》に移るなりそう切り出した。

テーブルの向こうで実希子がきょとんとした顔をする。なんのことかと尋ねるわけでもなく、こちらの言葉を促すように黙って小首を傾《かし》げている。

伝わっていないことに気づいてくれと言わんばかりの実希子の様子を見ると、奥歯の根がじわりと熱くなる。二十数年経《た》ってもこの子は少しも変わらない。だからといって話をする前からこんな調子ではいけない。実希子を呼び出したのは自分なのだから。

実希子が徹と共にお見舞いに来たのは十日前のことだった。まだしばらくは退院できそうもないし、思い出したことがあるから話したい、と交換したばかりのＳＮＳでメッセージを送った。

実希子だけに声をかけたつもりだったが、「徹は来られないって。私だけでもいい?」と返事が来た。そして何回にも分けて絵里と会おうと思う理由を述べた。

——徹も言っていたんだけど、呪《のろ》いについては私もすんなりとは受け入れられない。突拍子もない話だと思う。だけど、影については知りたい。実は私も見かけたの。気のせいならそれで構わない。徹には見えないようだし、絵里ちゃんと話すしかないと思うの。純粋に懐《なつ》かしい友達ともっと話したいという気持ちも大きいし。

週末は徹と過ごしたいらしく、余っている有給休暇を取って来てくれた。手ぶらで来てと言ったのだが、実希子は、そういうわけにもいかない、整形外科なら食事制限もないんでしょ、とマカロンを持参した。そうして談話室に来て、自動販売機でカップの紅茶を買って、今はマカロンの箱を挟んで向かい合っている。

実希子を呼び出しはしたものの、なにをどう話せばいいのか考えがまとまっていない。影のことなんだけど、と言ったきり黙る羽目になってしまった。マカロンをちびちびと齧《かじ》って、おいしいねと呟《つぶや》いてみる。すると急に思い出したように「胸の痛みはちゃんと診てもらった?」と心配してくれた。

「うん。特に異常はみられないって。一時的なものみたい」

「そう。それならよかった。早くよくなるといいね」

「ありがとう」

そんな会話をしてからまた沈黙が続いている。

沈黙に焦《じ》れたのか、実希子が「おばさんの腰の具合はどう?」と聞いてきた。

「あんなに痛がっていた腰が、私が入院した途端に痛みがなくなったんだって。私に気を遣ってそう言っているわけじゃなくて、どうやら本当によくなったみたいなの。精神的なものからくる腰痛《ようつう》なんて聞いたことないけど、不思議なものよね」

「それはよかったね。親ってすごいね」

「ほんとに。母は強し、だよ」

親という言葉を母と言い換えた。

絵里にとっての親は母親だけだ。父親は絵里が小学生のころに失踪《しっそう》している。失踪の理由は本人にしかわからない。母にも失踪の理由は見当がつかないらしいが、いないにしたことはないので探す気はなく、むしろ事を荒立てて戻ってくることを避けたかったようだ。

当時幼かった実希子たちには、よそのうちの厳格なおじさんというくらいの認識しかなかっただろうが、家族は度を超えた支配的な態度に振り回されていた。

父の帰りが遅い平日と、一日中在宅している休日では、気分も行動もかなり違うものになった。父の定めた門限が夕方五時だったため、休日に実希子たちと遊ぶことがあってもずっと時間を気にしていた。子供だったけれど——子供だったからこそ、父の決めた規則は絶対的だった。母の緊張も痛いほどに伝わってきた。

ある時、父は大阪出張に行ったきり帰ってこなかった。先方で仕事を済ませて帰路についたところまではわかっている。その後、飛行機にも新幹線にも乗った形跡がなかったという。

きっと母はほっとしたことだろう。けれども、父の同僚が親切心から警察に失踪の相談をしてしまった。それで母は行方不明者届を提出せざるを得なくなった。

だが幸いにも成人男性の失踪はそれほど重大には扱われず、父は見つからないまま月日が経ったのだった。

ゴトン、と大きな音がした。見ると、自動販売機の前に人がいた。かがんでペットボトルを取り出しているところだった。

「影の話、私は信じるよ」

実希子があまりにもはっきり言うものだから、思わず瞬《まばた》きを繰り返してしまった。

黒猫の影をよけた拍子に転倒したのは事実だが、二十数年前の猫が子猫のまま現れたという解釈まで信じるとは思わなかった。

すると案の定、実希子は言葉を継いだ。

「ただ、それが昔いた黒猫だというのは、ちょっとわからないかな」

それはそうだろう。絵里だって、自分の見たものに疑念を抱かずにはいられない。

絵里は紅茶をひと口飲んでテーブルに置いた。マカロンを口に運ぶ時以外は両手で包み込んでいた紙コップからようやく手を離した。姿勢を正して実希子と目を合わせると、実希子も慌《あわ》てて紙コップをテーブルに置く。

話すなら実希子しかいない。そう思って呼び出したのだ。ほかのことであれば、実希子になど話したいとは思いもしない。でもこれだけは別だ。あのことに関わっていないのは実希子だけだから。

影の話を信じるという実希子の言葉を信じるしかない。

今話しておかないと、絵里の身に起きたことがまたどこかで繰り返される予感がした。

「〈影〉って名前だった」

「……え？」

「猫の名前」

「ああ、猫」

「そう、猫。真っ黒だから影。みきちゃんは覚えてる?」

実希子はぷるぷると首を振って、かすかに笑いを含んだ声で尋ねた。

「そのセンスがあるんだかないんだかわからないような名前、誰がつけたの?」

「ドワーフよ」

「ドワーフ? 物語に出てくるあのドワーフ? そんなのいるわけないじゃん」

この子はなにも覚えていないんだなと心の中でため息をつく。やはり話したところでどうにもならないのかもしれない。

だけど、郁美がいなくなった今、誰かに知らせておくべきだと思った。もしこれがただの偶然ではなかったとしたら。絵里がひとりで抱え切れる問題ではない。そして絵里はこの件が偶然の出来事だとは思えなかった。

「本物のドワーフのはずないでしょ。あだ名よ、あだ名」

「あだ名?」

「そう。いたでしょ、髭《ひげ》がもじゃもじゃのおじさん。おじいさんだったかな。雑木林の中の防空壕《ぼうくうごう》に住んでいて」

「防空壕があったのは覚えてるけど」

さすがに実希子も防空壕の横穴があったのは覚えていたようだ。絵里たちが生まれたのは戦後四十年まであと少しというころで、ドワーフと出会ったのも終戦から五十年と経っていなかった。

絵里が小学生のころには戦争の気配は消えつつあったが、空き地や放置された山も多く、そういうところには横穴が残っていた。大人だと腰をかがめないと入れないような洞窟《どうくつ》から、車が入りそうなほど大きな洞窟まであった。崩れる危険があるため格子《こうし》状の扉をつけているところもあった。そうかと思うと、大きい洞窟はガレージとして使われていたりもして、その扱いに特に規制はないように思えた。

ホームレスが防空壕跡に住み着いているのは珍しいことではなかった。洞窟の入口に柱を立ててブルーシートを張ってひさしにしていたり、一斗缶で枯葉や小枝を燃やして煮炊《にた》きをしていたり。そこで生活している人はいずれも髪も髭も伸び放題で恐ろしい風貌《ふうぼう》だったが、キャンプみたいなその生活には少し憧《あこが》れもした。大人たちの話からすると、戦後からそのまま住み続けている人もいたらしい。真偽のほどは不明だが、子供のころはその話を信じていた。

「まあ、ドワーフと接していたのは郁美だけだったかな。私も会えば挨拶《あいさつ》ぐらいはしたけど、それって親しいからじゃなくて、警戒しているってことを悟られないように、平気で接している振りをしていた感じ。郁美以外はみんなそうだったと思うよ」

「……だめ。全然覚えていないや」

「そっかあ。覚えていない方が幸せかも。ただ、影には気を付けて」

実希子は頷《うなず》いたが、どこかおざなりに見える。それも仕方のないことだ。

歩行器につかまりながらエレベーターホールまで実希子を見送る。乗り込んだエレベーターの中から「お大事に」と手を振る実希子に笑顔でお礼を言いながら、扉の閉まるのを見届けた。

実希子との面会で思った以上に体力を奪われたらしく、ベッドに戻るといつの間にか眠りに落ちていた。

看護師に起こされて夕食を済ませた後は、ノートパソコンを広げてメールチェックをした。仕事のメールはCCに宛名《あてな》の入ったものが午前中に二件あっただけで、午後は一件もなかった。受信したのはすべてメールマガジンであるのを確かめると、まとめて削除した。

入院直後は頻繁にあったメールや電話も今はほとんどない。自分がいないと回らないと思っていた仕事はいとも容易《たやす》く補われていた。高校生の時の学生アルバイトの時代から、周囲に頼りにされている自負があった。

アルバイト先は、チェーン展開しているカフェの横浜店だった。駅の改札口近くという立地もあり、神奈川県内の店舗で常にトップの売り上げを誇っていた。店内はいつも満席でスタッフは息をつく暇もないほどの忙しさだった。そのせいで辞める人が後を絶たず、常に新規スタッフを募集していた。

高校三年生の夏に受験勉強を理由に一旦《いったん》やめたが、大学合格の報告のために店長に挨拶に行くと、復帰を望まれた。横浜駅はちょうど通学の乗り換え駅だったし、必要とされているのが嬉《うれ》しかった。形だけの面接を受けてすぐに再雇用され、半年ほどでバイトリーダーになった。絵里がいない間に入った年上のスタッフたちは、いきなり現れた新人の下につく羽目になって不満そうだったが、店長から事情を説明してくれることはなく、非常にやりづらかった。だが、そんな環境も長くは続かず、ほかのスタッフは辞めていき、絵里だけが残った。

そして、そのカフェの運営元である会社に就職した。店長を経て、今はエリアマネージャーを務めている。女性初だった。「女性ならではの細やかな対応を期待する」との絵里の能力よりも女性であることを重視するかのような上司の言葉に違和感を覚えつつも、できるだけ各店舗に足を運び、現場に即した改善提案をした。繁忙期にはほかのスタッフと一緒になって接客もした。

「進藤さんがいてくれて助かった」

「進藤さんがいないとうちの店は回らない」

各所でそう言われた。「私がいなくても回してくれなくちゃ困ります」と答えつつも、悪い気はしなかった。

だから入院中も毎日担当エリア各店の売り上げをチェックしたし、業務報告も隅々まで目を通してアドバイスも怠らなかった。

しかし、見てしまったのだ。ビジネスチャットで絵里への不満が書き連ねられていた。これまで絵里はみんなの書き込みをチェックするばかりで書き込んでいなかったからか、グループメンバーに絵里が含まれていることに誰も気づいていないようだった。

『本人には悪いんだけど、進藤さんが入院してくれてよかったと思ってしまいました』

『わかります！　もちろん骨折したのは気の毒ですよ。それはそれとして、彼女が店に来ないとこんなにやりやすいのか！　って感動すらしていますよ』

『他店もそうなんですね。よかった。そう思っているの、うちだけじゃなくて』

『店のためを思ってやってくれているのはわかるんですよ。熱心だし、悪い人じゃないのもわかるんです。でもねぇ……』

『そうそう、ありがた迷惑なんですよね。ペース崩されるっていうか。現場には現場の都合があるってわからないんですかね？』

『はっきり言いすぎ（笑）けど同意します』

絵里はグループから自分のアカウントを削除した。

消灯時間にはまだ間があるが、同室の人たちはすでにカーテンを引いている。明かりが透けているからテレビでも観《み》ているのかもしれない。絵里も窓側だけを開けたままにして、通路側のカーテンを閉めた。

窓の外には岩倉台の夜が広がっている。駅向こうの巨大団地のほかは一戸建てがひしめく町。小さな明かりは狭い範囲に集中していた。普段見ていた夜景からしたらここは暗くて寂しい。

絵里が一人暮らしをしている自宅は都内にあるが、実家付近で救急搬送されたため岩倉台で入院することになったのだ。こういう時に頼れる親しい友人も恋人もいない身には母の存在はありがたいが、岩倉台には近づきたくなかったというのが正直なところだ。

岩倉台に来ると、どうしてもあのことを思い出す。

儀式。そんなふうに呼んでいたが、あれは子供の遊びだ。そんなものを信じ続けていたわけではなかった。それでも父がいなくなったことで信じざるを得ない気がしていたのも確かだ。真相などわかるはずもなく、罪悪感を持つべきかどうか迷いつつここまで来た。

けれども、影を見てわかった。あの祈願——いや、呪詛《じゅそ》は、有効だった。子供だましのおまじないなどではなかったのだ。

小学生のころ、女の子の間では占いやおまじないが人気だった。絵里も一時期は夢中になった。不確かな神秘性に魔法のような魅力を感じていた。

今の少女向け雑誌にどのようなものがあるのか知らないが、当時は占い専門雑誌があって、少女漫画さながらの可愛《かわい》らしいイラスト付きで様々な占いやおまじないが載っていたものだ。専門雑誌を読んでいても、多くの子は軽い気持ちだった。朝のテレビ番組内の〈今日の運勢〉をチェックする程度のもの。

そんな中で〈魔女〉と呼ばれるほど占いに詳しかったのが郁美だ。長い黒髪や口数の少なさが一層ミステリアスな雰囲気を醸《かも》し出していた。

郁美は占いやおまじないを頼まれる時以外は一人でいることが多かった。話しかけられれば丁寧に受け答えをするが、自分から話しかけることはほとんどなく、ほかの女の子のように群れたりもしなかった。

そんな凜《りん》とした郁美の姿は、絵里の憧れだった。自分はといえば、クラス替えのたびにもっとも華やかなグループに紛れ込んでいたから。グループの女王を褒め称《たた》えていればそこからはじかれることがないという安心感があった。孤高の存在に憧れながらも、自分はそんなふうにはなれないと知っていた。

だからこそ、郁美と秘密基地で一緒にいられるのが誇らしかった。学校では自分のせいで郁美のイメージを崩してはいけないと思い、なかなか話もできない。けれども秘密基地なら気兼ねなく話せた。

「郁美ちゃんはなんで呪詛が得意なの？」

どこで仕入れた知識なのか、郁美は占いからおまじないまで、たいていの要望に応《こた》えていた。おまじないは確実に成果が得られるわけではなかったが、評判はすこぶるよかった。おまじないには幸福を祈る「祝福」と不幸を祈る「呪詛」があって、郁美のおまじないは特に呪詛の成功率が高かった。

呪詛といっても小学生が思いつくものだから、多くは他愛もないものだった。運動会で一等賞を取りたいからライバルが腹痛をおこす呪いをかけたい、というような。呪われた相手はたまったものではないが、呪いをかけなくても起こりうることではあ

る。知らない人からは偶然の不運としか見えなかったはずだ。私は道具をそろえて

「自分では特に呪詛が得意なつもりはないんだけどなあ。私は道具をそろえて手続き手続きを教えるだけだもん」

そう言いながら土の中に呪具を埋めていく。小さな瓶に詰めた粉や、和紙に包み赤い糸で結んだなにか。貸し出して使用済みとなったものだ。

郁美によると、郁美自身に特別な力があるわけではないため、呪力を宿す呪具が必要になるらしい。郁美はまじないの儀式が成立するように願いを届ける手続きを手伝っているに過ぎないという。

呪具を自分で用意できない子には郁美が自らそろえてあげていた。終わったら必ず返すようにと言って。

返却率はよかったように思う。祝福に使ったものならまだしも呪詛に使ったものなど誰だって手元に残しておきたくはない。それも出どころのわからないまじないだ。誰にでも試せるわけではないということが、なおさら神秘性を高めていた。

幸せを願うまじないである祝福ならば雑誌などでも知ることができたが、呪詛に関しては知る方法がないに等しい。白魔術に対する黒魔術のような、まじないの闇《やみ》の面を扱う郁美は、ただの〈魔女〉ではなく〈黒魔女〉だった。

「いろんな呪具があるんだね」

「願いごとによってそれぞれ必要なものが違うからね」

「どのおまじないにどういう呪具がいるのかって、どうやって調べているの？」

「ドワーフから教えてもらっている」

「ドワーフさん？　外国の人？」

「ううん。物語にそういう種族が出てくるの」

そのころ絵里はまだドワーフがなんなのか知らなかったのだが、郁美は占いやおまじないに限らず、本をよく読んでいたから詳しかったのだろう。

「そのドワーフっていう種族がこの辺りにいるってこと？」

「いるのかもしれないけど、私が知っているドワーフはあだ名よ。ほら、防空壕に住んでいるおじさんのこと」

その人なら知っていた。縮れて広がった髪や髭のせいか、絵里には〈おじさん〉というより〈おじいさん〉に見え、少なくとも親よりは祖父母に近い年齢だと思っていたのだが、実際はいくつくらいだったのだろう。尋ねたことはなかった。たとえ尋ねたとしても、本人にすらわからなかったようにも思う。

秘密基地よりも奥に進んだところに、ひっそりとその防空壕はあった。そこに人が住み着いていることを絵里たちは知っていたが、誰も親に言わなかったはずだ。そのような素性のわからない大人の近くを遊び場にしていると知られたら、二度と秘密基地に近寄らせてもらえないとわかっていたからだ。

それにしても、実希子がドワーフを覚えていないのには驚いた。どうしたらあれほど印象的な人を忘れられるのだろうか。疑問に思うと同時に、いかにも実希子らしいとも思う。あの子が覚えていることなどたいして多くはないのだろう。

昔からあの子を見ると脳裏に浮かぶイメージがある。おもちゃの指輪を手に取ったら思いのほか軽くて、力加減を間違えた手が跳ね上がってしまったような、そんな感覚。淡い色合いで輪郭の定まらない姿。漆黒をまとい周囲から浮き立つように存在する郁美とは対照的だった。

実希子が見舞いに来てから一週間が過ぎると、絵里のベッドサイドには、歩行器ではなく松葉杖《まつばづえ》が置かれるようになっていた。

松葉杖での歩行はギプスで固定された右足の重さを際立《きわだ》たせる。松葉杖を半歩前に出し、左足を引き寄せる。少し浮かせた右足が振り子のように勢いをつけた。ギプスの重さがあるおかげで歩きやすくなっている気がして、なんだか納得がいかない。

医師にも看護師にもなるべく歩くようにと言われている。

安静にしていなければと思っていたが、動け歩けと言われたらその通りにした方がいいらしい。実際、手術を受けた患者などは傷口が開くのを恐れて動かないでいる人より、指示通り談話室や売店などをふらふらしている人の回復が早いという。なんとも人間の体というのはよくできていると思う。

退院後もしばらくは松葉杖生活になるため、院内で歩行訓練をしておく必要もある。幸いというべきか、近頃は仕事のメールもCCすら外されているらしく、ほとんど届かないので、時間ならあまっている。たいして欲しくもない飲み物を買うためにわざわざ一階の売店に向かったりする。

ペットボトルのお茶とチョコレート菓子、普段は立ち読みすらしないファッション誌と名前だけは聞いたことがある作家の文庫本を買って、病棟へ戻るエレベーターへ向かう。

外来診療のほとんどは午前中で終わるため、院内はひっそりとしていた。患者が通らない廊下はひと気がなく、ガラス張りの壁面からは昼下がりのまばゆい光が差し込んでいる。

ガラス際の植え込みの向こうは駐車場になっており、車のフロントガラスが日光を反射させて絵里の目を射る。松葉杖をついているため手びさしで遮ることもできず、目を細めて廊下を進む。残効の一種なのか、焦点の合わない影がチロチロと視界をさ迷う。

一足ごとにレジ袋がガサガサ鳴る。

遠くで診察の呼び出しアナウンスが響いている。

駐車場は近所の人の抜け道にもなっていて、スーパーの袋を提げた女性や制服姿の学生が行き過ぎる。

その中に、泥のような色をした塊がいた。

こちらに向かってくる。やがてガラス越しにすれ違うだろう。

崩れたドレッドヘアみたいな頭髪に、服の原型が想像できない布を幾重にもまとっている。一見してホームレスとわかる姿だ。

通行人は彼を刺激しないように存在に気づかないふりを装《よそお》って、しかし足早に追い越していく。

絵里も視線を逸《そ》らし、廊下の先を見つめて歩く。

横目にも外の人波が途切れたのがわかった。男とすれ違う瞬間、視界の隅でなにかが動いた。つい視線を取られる。

ガラスの向こうでは男がこちらに向き直り、知人へ挨拶するかのように片手を上げていた。

男の袖《そで》が滑り落ちて左手があらわになる。汚れとは異なる、焦《こ》げ痕《あと》のように黒ずんだ手首。その先は失われている。

絵里は反射的に足を止めた。進みかけていたレジ袋が一拍遅れて戻ってくる。松葉杖にあたり、ガサリと鳴った。喉元《のどもと》がギュッと詰まる。

男の口元を覆《おお》い隠している髭の塊がわずかに動いた。なにか言っているのはわかるが、その言葉までは読み取れない。

男は笑った。

依然、繰り返し動かされる男の口の動きを改めて見る。今度は読み取れた。

……あ、そ、ぼ、う、よ。

絵里が言葉を読み取ったのがわかったのか、男は満足げに頷いた。それから、手首から先のない腕を振ってその場を立ち去った。

ガサリ、コツン、と音がした。

絵里の手にあったレジ袋と松葉杖が落下した音だった。絵里は壁に寄り掛かり、冷たいリノリウムの床に尻《しり》をつけていた。

急に胸の奥がズキッと痛み、入院着の胸元を握り締めた。息を止めて耐えていると次第に痛みは引いていった。痛みに襲われている間も、絵里の脳裏にはずっと男の姿が浮かんでいた。

「まさかそんな……」

間近に聞こえた囁《ささや》き声にびくりと身をすくませたが、辺りに人影はなかった。どうやら自分の口から発せられたものだったようだ。

「まさか……ありえない……」

今度は意識して声にした。

焦げたように失われた左手――。

絵里ははっきりと自覚する。

その手を、私は知っている。

一度だけ、郁美が泣いているのを見たことがある。

日が暮れ始めると、雑木林の中は町より早く夜が訪れる。遊んでいるときは手元に集中しているから、明るさの変化に気づかないことが多い。ふと顔を上げると薄暗くなっていて、時空を飛び越えたかのような不安に襲われた。

　みんなに声をかけ、五人で道路まで出ると、町にはまだ昼の名残りがあった。ほっとして手を振り合い、家路を急いだ。

　一人になると、家々から漂う匂《にお》いにお腹《なか》が鳴った。焼き魚、煮物、フライ、ハンバーグ、生姜《しょうが》焼き……様々な料理が入り混じっていてもどこからどの匂いが漂ってくるのか嗅《か》ぎ分けられた。我が家の夕飯はなんだろう。カレーが食べたいと言ったことを覚えていてくれたかな。そんなことを考えながら走って帰った。

　けれども玄関を開けてもなんの匂いもしない。代わりに父の革靴があり、台所から苛立《いらだ》たし気な声が聞こえてきた。絵里は「ただいま」と言いかけた口をつぐむ。

「世間では、専業主婦は三食昼寝付きだなんて言われるけどな、まともに家事をこなしていたら食事や昼寝をしている暇はないって、俺はことあるごとに言ってるんだ。会社の男どもはそんなことわかっちゃいない。俺だけが専業主婦もちゃんとした仕事だと認めているんだ。そうだろ？」

「……はい。ありがとうございます」

「な。そうなんだよ。俺は理解のある旦那《だんな》だろ？」

「……はい」

「わかっているなら、ちゃんとやってくれよ」

「やってます……」

「だからさぁ、ただやるだけじゃだめなんだって。ちゃんとやれって言ってるんだよ、ちゃんとさ」

見なくても父がどんな仕草をしているのかわかった。テレビ台か食器棚か窓枠か、そのあたりを指でなぞって、かすかについた埃《ほこり》を見せているに違いない。

母の声は聞こえないが、父の言葉は続いている。

「飯もさ、一品の量を増やすんじゃなくて、少ない量で種類を増やさないと栄養が偏《かたよ》るだろ。俺が自分のために言っていると思うか？　絵里のためだよ。子供にはちゃんとしたものを食わせろよ」

自分の名前が聞こえたところで、そっと外に出た。自分の存在も母を苦しめる一因なら、このまま帰らない方がいいような気がした。東の空はすでに夜の色をしていたが、絵里は構わず歩きはじめた。

父は、怒鳴りつけるわけでも手を上げるわけでもない。不満げな声色で話しながらも、諭すように言葉を重ねる。だから母はいつも、自分がきちんとすればいいだけだ、と力なく笑う。それから絵里を抱き寄せて言うのだ。

「あなたは手に職をつけなさい」

その言葉は父が示す絵里の未来とは相反するものだった。

学ぶことが楽しかった絵里が大学の先はないのかと尋ねると、大学院があることを教えてくれた。

「じゃあ大学院の先は？」

穏やかに話していた父の口調が急に不機嫌そうになった。

「そんなことを聞いてどうする？　女のくせに研究者にでもなるつもりか？　女は結婚したらすぐに仕事を辞めるんだから、大卒なんてどこの職場でも嫌がられるぞ。短大でいいだろう」

「女の人は大学に行けないの？」

「受験資格はあるが、卒業したら二十二だ。嫁に行き遅れるぞ。それに、女は少しくらい馬鹿《ばか》な方が可愛げがあるんだ。うちの会社の女どもだってコピーとかお茶汲《く》みくらいしかできないのばっかりだが、みんなさっさと結婚して退職していくからな。そんなもんだ」

父はその持論通り、絵里のテストの点数や成績には一切興味を示さなかった。その代わり、髪型や服装にはうるさかった。髪は伸ばせ、ズボンよりスカートを穿《は》かせろ、女の子らしくさせろと母に指示を出していた。絵里は髪型ならショートカット、服装ならズボンかキュロットスカートが好きだった。そのことを母は知っていたが、絵里の希望を叶《かな》えてはくれなかった。

「ごめんね。お父さんがダメって言うから」

絵里が父に従わなければ、母が叱《しか》られるのはわかっていた。自分のせいで母がつらい思いをするのは嫌だった。だから逆らわずに髪を伸ばしてカチューシャをつけ、スカートを穿いていた。

今だって勢いで家を出てきてしまったが、帰りが遅くなればまた父は責めるだろう。絵里を叱るだけでなく、母のしつけがなっていないとか言い出すに決まっている。そんなに不満なら、なぜ父は帰ってくるのだろう。自分の家だから？　だったら母と絵里を追い出せばいい。父のいない毎日を過ごしたい。

いなくなれ、いなくなれ、いなくなれ。

気づけば雑木林まで来ていた。

秘密基地で少しだけ時間を潰《つぶ》していこう。父は帰宅後すぐに入浴するはずだ。その時間を見計らって帰ることにしよう。そう思い、暗い雑木林に足を踏み入れた。不思議と怖いとは思わなかった。

手探りでクマザサの藪《やぶ》に分け入ると、林の奥からすすり泣きが聞こえてきた。

空はまだ完全には夜の色に覆われていなかったが、わずかに残る明かりを木々の枝葉が遮り、林には一足早く闇が訪れていた。だから解散し、みんな一緒に帰った。それなのにいったい誰が？

自分も舞い戻ってきたくせに、ほかの子が同じ行動をとるとは思いもしなかった。地面には朽ちた葉ややわらかな土が積もり、足音を飲み込んでくれる。絵里はうっすらと認識できる木の幹に手を添えながら、秘密基地までの道を頭に思い描きつつ進んだ。

次第に耳に届く泣き声が大きくなる。

時おり、聞き取れないほどの低い声が泣き声に重なっている。

ぽっかり開けた空間に、郁美の横顔が見えた。日の名残りか月の光か、頬が白く浮かび上がっていた。

泣いている郁美の頭に、手首のない手が乗せられている。郁美は拒絶するように首を激しく左右に振っている。

手首のない手が、頭から肩まで滑り降りてきて、郁美の細い体を抱き寄せた。その手の先には大きな体がついている。崩れたドレッドヘアみたいな頭髪に、服の原型が想像できない布を幾重にもまとった男――ドワーフだった。

遠く救急車のサイレンが聞こえる。次第に大きくなる音に、散らばっていた意識が目覚めて集まる。

絵里は床に座り込んだままだった。足も尻もすっかり冷たくなっている。

「病室に戻らなきゃ」

手を伸ばし、床に落ちているレジ袋を摑《つか》んだ。壁の手すりにつかまって体を引き上げてから、腰をかがめて松葉杖を拾う。

サイレンはすぐそこに迫る。駐車中の車越しに赤色灯が見えた。

サイレンが止まり、救急搬送口に横付けされるとすぐにストレッチャーが引き出された。

突如慌ただしくなった光景に視線が引きずられる。

患者には年配の女性が付き添っている。遠目で顔は見えないが、絵里の母と同じくらいの年齢だろうか。一方、ストレッチャーに横たわる体は小さかった。

「なおくんっ、なおくんっ！」

女性の悲痛な叫びが廊下に響く。よほど危険な状態なのだろうか。

自分が搬送された時の不安と恐怖が蘇《よみがえ》ってきて絵里は顔をそむけた。できれば耳も塞《ふさ》ぎたかったが、両手は松葉杖で塞がれている。飛び交う音と声から逃れて、急ぎ足でエレベーターホールを目指していると、耳元で声がした。

――あそぼうよぉ。

反射的に振り返ったが、人の姿はない。救急搬送された患者は既に処置室に運ばれた後らしく、廊下は静まり返っている。

空耳だろうか。そうに決まっている。だけど低くしわがれた男の声が耳に残っている。

松葉杖を脇《わき》に挟んで固定すると、声が聞こえたはずの右耳を手のひらで覆った。触れたところで形のない声の名残りなどあるわけがない。やはり空耳だったのだ。

そう言い聞かせて松葉杖を握り直した瞬間、また声がした。

――あそぼうよぉ。

今度は左耳だ。

動けなかった。体の向きを変えるのはおろか、首《こうべ》を巡らせることもできない。

空耳ではない。確かに聞こえた。

生ぬるい息が耳朶《じだ》にかかった。呼気の湿度さえ感じられた。口臭なのか体臭なのか、饐《す》えた臭《にお》いもした。

頭部の左側に意識を集中させる。今は声も聞こえなければ、息も臭いもない。それなのにどれもこの身にべったりと染《し》み付いて残っている。

不快な残感覚が薄れてくれるのを待っていたが、一向になくならない上に、耳朶に残る生温い感覚は実体を持ち始めている。もぞもぞと動き回っていたかと思うと、つるりと耳の穴に滑り込んだ。とっさに人差し指を差し入れると、ナメクジのようなものに触れた。ナメクジは絵里の指をかわして耳の奥へと入っていく。

「い、いや……!」

耳から掻《か》き出そうとして指を強く押し込んだ。ナメクジは既に指の届かないところまで進んでいる。

パァーン!

破裂音に似た音が廊下に響き渡った。脇に挟んでいた松葉杖が倒れたのだ。

支えを失った体が床に強く叩《たた》きつけられた。

だがその痛みさえも感じる余裕はない。体内に侵入した不快感にひたすら悶《もだ》える。

ナメクジは耳孔を抜け、鼻へと続く耳管を進んでいる。冷水を飲んだ際に食道から胃へと冷たさが伝わる感覚に似ている。いまだかつてなにも触れられたことのない部分だ。痛みはないが、未知の感覚に怖気立《おぞけだ》つ。

「いや……やだ、やだやだやだ」

口角が引きつる。頬に手をやると、皮下にやわらかい楕円形《だえんけい》のしこりがある。

「なにこれ……」

絵里の声が滲《にじ》む。

ナメクジは皮下を移動していく。絵里はそれを感じながら、震える指先でナメクジの行方を追わずにはいられない。

顎《あご》を通り、首を伝い、鎖骨を越えていく。

「やめて……やだ……やだ……」

入院着の前合わせをはだけると、皮下を進む隆起が目視できた。

ナメクジの形に浮き上がる胸を平手で叩いた。拳《こぶし》で叩いた。ナメクジはぬるりぬるりと攻撃を躱《かわ》していく。

絵里は松葉杖を手に取り、先端を自らの胸に打ちつけた。

「やだやだやだ出てけ出てけ」

手当たり次第に打ちつける。

ぶちゅ。

潰れた感触が手に伝わる。

松葉杖を置き、恐る恐る胸を撫《な》でる。

しこりは消えていた。皮下で動く感覚もない。打撲の痛みだけだ。

内出血を起こしているし、腫《は》れもひどい。だが、得体のしれないものに蹂躙《じゅうりん》されるのに比べたら些末《さまつ》なことだ。

安堵《あんど》のため息をついた瞬間、もぞりと左胸が動いた。絵里の目にナメクジの形に浮き上がる赤い肌が映る。

「……ひっ」

床に尻をつけたまま後ずさる。逃れたいものは体内にあるため、当然ながらどれだけ後ずさっても絵里についてくる。絵里は叩くこともできずに胸を見下ろすしかない。

ナメクジは赤く腫れた皮膚の下をうねうねと動き回り、ふっと消えた。皮下より深く潜ったのを感じた。

「うっ！」

絵里は苦しさに呻《うめ》きつつも、這《は》ってエレベーターを目指す。

だが、絵里がエレベーターに辿《たど》り着くことはなかった。看護師が通りかかった時、絵里は両手で胸を押さえて倒れていた。既に心肺停止状態だった。

3　願いの代償　――岩本健二

「だめですよ、岩本さん。そんな手でハンドルは握れないでしょう」

　警官の声に、健二は、はっとして車のドアから手を離した。両手が激しく震えている。左手を右手で摑《つか》んで抑えても震えは止まらない。それどころか膝《ひざ》上の筋肉までも痙攣《けいれん》し始めた。顎《あご》周りの筋肉も恐怖に支配され、食いしばっていないと上下の歯が音を鳴らしそうだ。

「でもすぐに行かないと」

　健二は再びドアに手を伸ばした。

「岩本さん。とりあえず今は落ち着くことが先決です。新たな事故を起こしては大変ですよ」

　事故と聞いて、衝突の瞬間にハンドルとシートに感じたやわらかな感覚が蘇《よみがえ》ってくる。

バックした瞬間に息子を轢《ひ》いた、あの感覚が。

いつもは直紀を保育園に預けてから出勤している。だが、今朝の直紀はずっとぐずっていて、もしやと思って検温したら微熱があった。食欲はあるし、病院に行くほどではなさそうだが、妻が里帰り中では家に置いていくわけにもいかない。その上、今日は社外打ち合わせの予定が入っていて休みもとれない。

仕方なく、職場には直行直帰の許可を取り、息子の直紀は実家に預けることにした。昼ごろ母に電話をかけると、直紀は昼食もしっかり食べ、熱も下がったようだと言っていた。ひとまず安心したが、すでに直帰することになっていたし、少し早いが実家に向かった。

こりゃあ半休扱いだなとか、今日中にあの書類を片付けておきたかったなとか考えつつ、実家のカースペースにリアから入れていった。

父が亡《な》くなった際に実家の車は処分したため、カースペースは庭の延長のように扱われていて、隣家との境にはいくつかのプランターが並べられて狭くなっている。そのため何度か切り返し、ようやく納得のいく角度になったところで前に向き直り、ゆっくりとバックした。

その時、フロントガラスの前を大きな影が横切った。カラスでも飛んできたのだろうと思った。バックしているのだから前方の視界が遮られたところでたいして困りはしないのだが、いきなりのことだったので驚いた。それで「おうっ！」と声を上げた拍子にアクセルを踏み込んでしまった。

直後、軽い衝撃があった。自分の体が障害物に直接触れたわけでもないのに、それが弾力のあるものだとハンドルを握る手に伝わってきた。瞬時にブレーキを踏んだせいで車体が弾む。上体がハンドルに当たり、短くクラクションが鳴った。

しばらくはなにが起きたか理解できず、両手でハンドルを握ったまま、前方を凝視していた。夜中にふと目覚めた時のような淡い痺《しび》れが脳を満たす。

クラクションを聞きつけた母がつんのめるように玄関から出てくるのがミラーに映った。車の後方を見るなり、口元を両手で覆《おお》う。そんな母の姿が目に入ると、全身の血液が抜けていく感じがした。

「なおくんっ！」

悲鳴のように鋭い母の声で、ふいに意識の回路が繋《つな》がった。ドアを開けようと焦《あせ》る気持ちのまま、力まかせに押したり引いたりしていたがびくともしない。ロックを解除してようやく外に転がり出た。

フロントを回り込むと左後方タイヤの陰から小さな足が二本飛び出ていた。見える範囲では傷ひとつなく、戦隊ヒーローの靴も脱げずにあった。

先に立ち直ったのは母だった。年の功なのか母性のなせる業なのか。いずれにせよ、ただ立ちすくむだけの息子など存在しないかのように振舞った。家の中にスマートフォンを取りに行き、119番に通報し、簡潔に事態を伝えた。そのまま動かさないようにとでも言われたのか、その時だけは健二の方を向いて「なおくんに触れちゃだめよ」と強い口調で言った。

今思えば、あの時の母は、息子に対して怒りを覚えていたのかもしれない。頼りがいのある凛々《りり》しい表情は、憤怒《ふんぬ》か憎悪《ぞうお》の表れだったのかもしれない。かわいい孫を傷つけた息子を責める表情だったのかもしれない。

母は119番に通報したはずだが、先に到着したのは警官二名だった。目つきの鋭い年配の男と内気そうな若者だ。彼らが無線でどこかに連絡を取っている間に救急車のサイレンが近づいてきた。指示されるままにゆっくりと車を道路まで出した。

全身があらわになった直紀は、顔を歪《ゆが》めるでもなく、出血しているでもなく、服が乱れているわけでもなかった。ただそこで居眠りをしてしまったかのようだった。

直紀は救急車に乗せられるまで一度も動かなかった。健二が、同乗した母に続こうとすると、肩をつかまれた。警官の手だった。

「申し訳ないけどね、岩本さん。状況を教えてください」

「あの、でも息子が」

年配の警官は低姿勢な言葉とは裏腹に強い力で健二の肩をつかみ続けている。

「あちらはおばあちゃんに任せて、ね。なにかあれば病院からこっちにも連絡入るようになっているから」

なにかってなんだよ。なにかあってからじゃ遅いだろ。そう思うが、そばについていたところで健二になにができるわけでもない。それでもそばについていたいと思うのが父親だろうが。

体をひねって肩に置かれた手を振り払うと、警官はもう健二に触れてこなかった。

「まずね、免許証を出して」

言われるままに免許証を差し出し、書類にいろいろと書き込まれるのをぼんやりと眺めた。

「はい、じゃあこれ、一旦《いったん》返しますね」

免許証を受け取り、財布にしまっていると、続けて声をかけられた。

「で、息子さんを轢いちゃったんだって？」

顔を上げると、警官はこちらを見ずにメモを取っていた。

そうだ。親なのに、息子を傷つけたんだ。そんな親はそばにいる資格などないのかもしれない。

健二は直紀に付き添うことを諦《あきら》めてうな垂れた。警官はそれを首肯と解釈したらしく、「そうか。もちろんうっかりだよね？」と続けた。

「当たり前じゃないですか！　自分の息子ですよ？　轢こうと思って轢くわけないじゃないですか！」

そんなふうに疑われてはたまらないと、健二は必死に否定したが、走り去る救急車のサイレンにかき消された。

もう一人の若い方の警官は、車の周りを念入りに撮影したりメモを取ったりしている。

健二は聞かれるままに、今朝のことから母が救急車を呼ぶまでの出来事を話した。話しているうちに、たしかに自分の過失ではあるものの、釈然としない思いが強まってきた。

健二は車をバックで入れるために、一旦カースペースを通り過ぎている。その時になにも障害物がないことを確認したはずだ。いや、特にそうと意識したわけではないが、なにかが視界に入ればわかるに決まっている。道に面している玄関から直紀が出てきて、車より先にカースペースに入り込む隙《すき》があったとは考えにくい。その動線のどこかで健二の視界に入るはずだ。

「そっちどう？」

健二を質問攻めにしていた警官が、車の奥へ声を投げた。ひょこっと頭が持ち上がると、こちらへやってきた。

「いやあ、特に血痕《けっこん》もへこみもないですね。軽く当たっただけかもしれません」

「軽かろうが重かろうが当たった子供にしてみれば相当な威力だ」

「はあ……」

どうやら健二を擁護してくれたらしい若い警官は、あっさり言い負かされて申し訳なさそうに眉尻《まゆじり》を下げた。

「しかしまあ、過失による事故であることには間違いなさそうだな。――岩本さん、今日はもういいですよ。病院に行ってあげてください」

そうして車に乗ろうとして遮られたわけだ。

自分で運転できないからといってパトカーに乗せてもらえるわけでもなく、健二はバス停まで出た。バスかタクシーか早く来た方に乗るつもりだ。

バス停で待ってまだ五分と経《た》たないうちに電話がかかってきた。病院にいる母からだった。

「今からそっちに向かうとこなんだ」

『健二は来なくていいわよ。私ももう帰るから』

「え？　なんで。行くよ」

『来てもなおくんは眠っているから。一度ね、処置室に入った途端に目を覚ましたのよ。脳震盪《のうしんとう》だろうって。一応ＣＴは撮ったけど、大きな異常は見当たらないそうよ。明日あらためてＭＲＩとかほかの検査もするからとりあえず入院ってことになったわよ』

「そうか。とりあえず無事ならよかった……。せめて顔だけでも見に行くよ」

『来なくていいってば』

「なんでだよ。俺の子だぞ。父親が息子の様子を見に行くのは当然だろう」

大事に至っていないと聞いても、やはり顔を見て安心したい。スマートフォンを耳にあてたまま、車道に身を乗り出してバスかタクシーがやってこないか目を凝らす。

電話越しに、母のため息が聞こえた。

『……会いたくないって言ったのよ』

「え？　どういう……」

『処置室で意識が戻って、なにがあったか思い出したんだろうね、あの子、急に泣き出して。怖い、パパが怖いって。健二が運転する車に轢かれたからかしらね。先生も今はあまり興奮させない方がいいって言うし』

言葉が出なかった。

だが、ショックを受けたためではなかった。とてつもない悲しみと後悔が押し寄せてはきたが、やっぱりな、という思いの方が強かった。

健二は、深呼吸をひとつしてから声を発した。

「……それ、本当に直紀が言ったの？」

『……』

今度は母が口をつぐんだ。しばらく待ってみたものの、話し出す気配がないので言葉を続ける。

「俺のことを怖がっているのは母さんでしょ？　自分の子供を殺しかけた俺のことが怖い？　正確にはそれだけじゃないよね？　母さんは子供のころから俺を怖がっていた。違う？」

今までこんなふうに問い詰めたことはなかった。けれども今日はあんなことがあったせいで健二の中の留め具が緩んでいるらしく、十代のころから慎重に閉じ込めてきた感情が封印をこじ開けて出てこようとしている。

母は恐怖心を健二に気づかれていないと思っていたのだろう。無言の受話口から緊張が伝わってきて――やがて切れた。

ディスプレイに表示される通話終了の文字を見ていたら、病院へ急ぐ気持ちは失《う》せていた。直紀のことは心配だが、同時に、もしこのまま直紀が死んだら母はどんなに打ちひしがれるだろうと想像すると気持ちが昂《たかぶ》った。誰かに絶望を与えられるのなら、自分にどんな苦痛が襲い掛かろうと構わない。こんな気持ちになったのは久しぶりだ。

直紀のことは里帰り中の妻にも知らせるべきなのはわかっているが、ひどくためらわれる。留守中の失態に対する申し訳なさではない。むしろ連絡を受けた妻の動揺や心痛を思い浮かべると、喜びに鳥肌が立つほどだ。だが、その情報を後日知らされたならどうだろう。妻に対し、より一層の打撃を与えられるのではないか。なにより、できることなら電話越しではなく、面と向かってその様子を感じたかった。理性の殻を割られ、露《あら》わになった儚《はかな》げな心のなまめかしさを思い浮かべるだけで、愛《いと》おしさに震えそうだ。

より大きな快楽のために、知らせたい思いを今はぐっと抑える。

健二はスマートフォンをポケットにしまい込んだ。

もちろん、直紀を故意に傷つけたわけではない。あれは間違いなく事故だ。もう長いことこの感情を封印してきたし、封印すら意識することもなくなっていた。俺は変わったのだ。そう思っていた。隠し続けていた俺の芯《しん》は、いつしか消えてなくなったのだ。そう思っていた。

だが、この昂る気持ちをどうしようか。

幼いころはこの感情に抗《あらが》えず、欲望のままに虫の足を引き千切り、羽をむしり取った。その行動を疑問視する大人もいなかった気がする。快く思っていない人はいたに違いないが、少なくとも強く叱責《しっせき》されるようなことはなかった。わんぱくな子供だと思われていたのだろう。成長と共に減っていく行為だと。しかし、母だけは違った。

たしかあれは健二が小学三、四年生のころだ。健二が風呂《ふろ》から上がって廊下を歩いていると、リビングから両親の話し声が聞こえてきた。リビングのドアに手をかけたその時、母の口から自分の名前が出たのが聞こえ、とっさに廊下の壁に背をつけて隠れた。

「どこかに相談した方がいいんじゃないかしら」

「どうせまた虫の羽をむしったとかだろ？　確かに乱暴だけど、男の子なんてそんなもんだろ。俺だって子供のころは蟻《あり》の巣を崩したり、ナメクジに塩をかけたりしたよ」

「虫もそうなんだけど、最近はそれだけじゃなくて。猫除《よ》けがあるでしょ？」

あの話だ！　健二は耳を澄ませた。

「猫除けってあれだろ？　野良《のら》猫が花壇をトイレにするからって置いた突起のあるシートだろ？　それがどうした？」

「猫がね、平気でその上を歩くのよ。器用にトゲトゲを避けるの」

父が笑った。

「なんだそれ。役に立ってないじゃないか。だけど、それが健二となんの関係があるんだ？」

母は笑うどころか、深刻そうに言葉を選びつつ続ける。

「あのね、健二がやったところを見たわけじゃないの」

「なんの話だよ？」

「……血だらけだったの」

やった！

廊下で立ち聞きをしていた健二は嬉《うれ》しさのあまり背筋がぞくりとして、裸の両腕に鳥肌が立った。自分の目で見ることができなかったのは残念だが、仕掛けが成功した瞬間を想像するだけで顔がにやけた。

「血？」

「猫除けのシートが血だらけだったの。庭の敷石には血の付いた肉球の跡が点々と続いていて」

「猫がシートの突起を避けきれなかったってことか」

父の声も真剣みを帯びて低くなった。

「私も最初はそう思ったの。それでね、猫には来てほしくないけど、さすがに怪我《けが》をさせるのはかわいそうでしょ？　だから猫除けを捨てようとしたんだけど……」

母は声を震わせて言い淀《よど》んだ。

「どうかしたのか？」

「カッターの刃が貼《は》りつけてあったの。いくつも」

「刃？」

「ほら、古くなったら先の方を折って捨てるじゃない」

「ああ。あの刃が？　シートに？」

「そうなの。トゲに貼ってあって。たぶん、猫の足が切れるように」

風呂上がりだというのに、健二の体は冷えていた。

両親の声が徐々に大きくなっていく。

「なんだってそんなものが」

「わからないわよ。やったのが私でもあなたでもないなら……」

健二はごくりと唾《つば》を飲み込んだ。

「健二がやったっていうのか？　まさか！」

「私だってまさかと思ったわよ。でもほかにいないでしょ？」

二人の声がぴたりとやんだ。健二は立ち聞きがばれそうで恐ろしくなり、忍び足で風呂場の前まで戻ると、今度はことさらに足音を響かせて廊下を歩き、リビングのドアを勢いよく開けた。

「あー、喉《のど》乾いた！　お母さん、牛乳飲んでもいい？」

母は健二と目が合うとびくりとして素早く目を逸《そ》らし、冷蔵庫のドアを開いた。平静を装《よそお》う声は少し震えている。

「牛乳ね。今コップに入れてあげるね」

父は健二を見ていた。健二が「なに？」と聞くと、「いや、べつに」と言って風呂場に向かいかけたが、思い出したように母の横に立った。

「さっきのことは少し様子を見よう」

母が小さく頷《うなず》くと、父は健二の濡《ぬ》れた頭を乱暴に撫《な》でた。

「ちゃんと拭《ふ》けよ」

そう言い残して立ち去った。

健二は牛乳を飲みながら母を盗み見た。母はこちらに背を向けて洗い物をしていた。

あの時、初めて知ったのだ。自分がしていることはよくないことなのだと。

考えたこともなかった。自分ではおもしろいからやっているだけで特別なことをしているつもりはなかったし、ましてや大人が深刻そうに相談し合うほどのことだなんて思いもしなかった。

この時の両親の会話を耳にしたことで、自分の欲求は他人《ひと》と違っているから露わにしてはならない行為だと気づいた。だから減らした。周囲が思うような、成長と共に自然に興味を失ったことによる変化ではなく、自制によるものだった。

欲望を抑えつけたせいなのか、心身の成長と共に増幅していくものなのか、行為の減少と反比例して健二の中の熱は膨れ続けた。

その持て余した欲求を満たしてくれるのが郁美だった。健二が自らの手でできないことを代行してくれる気がした。

郁美の方には健二のためなどという思いは微塵《みじん》もなかっただろう。健二の胸の内など知る由《よし》もないし、郁美は自分のやるべきことをやっていたにすぎないのだから。健二が周囲の目を気にしてやめた行為を、郁美はやすやすと行っていた。呪具《じゅぐ》作成と称して生き物を殺《あや》めていたのだ。

「なにかを願うなら対価が必要なの。ただでもらおうなんて都合がよすぎると思わない？　そんな願い方をするから叶《かな》わないのよ。叶えたいなら相応の対価を支払わなくちゃ」

同級生の依頼で呪具を用意する郁美に対して、実希子と絵里はそれぞれ嫌悪と尊敬の眼差《まなざ》しを向けた。その二人に対し言った言葉がこれだった。

その理屈でいうなら、呪具は本人が用意すべきだと思うのだが、願いが些末《さまつ》であれば対価の出どころは厳密には問われないのだという。些末な願いとはつまり、好きな男子が教科書を忘れるようにとか、その程度のもの。なぜそんなことを願うのかといえば、理由もまた些末なもので、一緒の教科書を覗《のぞ》き込んで授業を受けたいだとか、それで感謝されたいだとかなのだそうだ。

空気穴のない瓶に入れるなどして死なせたバッタやチョウが、その些末な願いだか呪《のろ》いだかの対価として妥当なのかどうか健二にはわからない。だが、生物の命を奪う工程を間近で見て自分を投影することで、どうにか内なる昂りをおさめることができた。

破壊。

それは健二にとって愛情の形だった。

かわいいと感じるものほど壊してしまいたくてたまらなかった。特に人間を含む動物の子供などは強く握りしめて捻《ひね》り潰《つぶ》したい衝動にかられた。いつか存分に俺なりの愛情を示してみたい。そんな機会が訪れることなどないとわかっていても、優しく撫でる、そっと抱き締める、といった、ほかの子たちにとっての愛《め》でる行為は、健二にはもどかしくてならなかった。

ともするとたちまち顕在化してしまいそうな欲望は、生半可な態度では制御できそうもなかった。だから、ステレオタイプの明朗快活な人物になり切ったのだ。闇《やみ》など寄せ付けないほどの光をまとった人物に。

意外にもその言動は健二の気分を楽にさせた。取り繕っていたはずの人格は、いつしか健二そのものになっていた。

そうだ。ここまで作り上げてきた〈岩本健二〉を崩すわけにはいかない。周囲へのアピールであり、自分自身への暗示でもある。

やはり病院へ行こう。自分の過失を猛省し、息子を案じる、そんな父親でいよう。

道の先からタクシーがやってくる。健二は右手を高く上げた。

タクシーは健二の前を通り過ぎた。表示板は〈迎車〉になっていた。

少し考えればわかることだった。ひと気のない住宅街を流すタクシーなどあるわけがない。健二はため息とともに右手を下ろした。

バスの本数もずいぶんと少ないことだし、高台の下の道まで出た方が早いかもしれない。あの道ならバスも多いし、岩倉台駅へ向かうタクシーも通るはずだ。ただ下の道まで歩くのが億劫《おっくう》だ。雑木林の横の階段を使えば近道ができるが、あの場所には近づきたくない。

未練がましく、通り過ぎたタクシーの後ろ姿を目で追う。すると、タクシーを呼んだ本人が乗り込むところだった。その人物の手に白杖《はくじょう》が見えた途端、健二はタクシーに向かって走り出した。

閉まりかけのドアに手を伸ばして止める。

「下の道まで、乗せてくれないか？」

「お客さん、困りますよ。ほかのタクシーを拾ってください」

ドライバーの口調から、不審人物と思われているのがわかった。いや、むしろ危険人物か。たしかに赤の他人がこんなふうに同乗を迫ってきたら警戒するに決まっている。

健二は息を整えつつ、長い年月で身につけた朗らかな笑みを浮かべた。

「違うんです、やだなあ、誤解されちゃったかなあ。彼とは知り合いなんですよ――なあ、圭吾」

圭吾がこちらに向き直り、眉根を寄せた。引き結んだ口の奥から「誰？」と不機嫌な声が聞こえてきそうだ。圭吾が拒絶の言葉を発する前に畳みかける。

「圭吾、俺だよ、健二だよ」

「……健二、くん？」

「そう。岩本健二。ほら、この前も会ったよな？」

ドライバーが体をひねって後部座席とドアの外のやり取りを真剣な眼差しで見ている。

「なんだ、健二くんか。……運転手さん、大丈夫です。この人は知り合いです」

「そうですか。それならいいんですが」

「でさ、圭吾、悪いんだけど、下の道まで一緒に乗ってもいいかな？　さっきからバスもタクシーも通らなくて」

「ああ、タクシーは呼ばないと無理ですよ。どうぞ、乗ってください」

そう言って、圭吾は奥へ移動した。

健二の乗り込んだタクシーは、雑木林に沿って大きな弧を描きながら下っていく。

「ありがとう。助かったよ」

「いえ。僕はなにも。それより、本当に下の道までていいんですか?」

「ああ。そこまで行けばバスもタクシーもいっぱいあるだろうし」

「ちなみに、どちらへ?」

一瞬言葉に詰まるが、ことさらに些細な用事であるような軽い口調を心がけ、わずかばかり声を高くした。

「ちょっと病院へね」

「病院ってもしかして岩倉台総合病院?」

圭吾は、健二が目指す病院名を口にした。

「うん。まあ、そうだけど」

「ならちょうどよかった。僕もこれから行くところなんです。眼科の予約があって」

「あ、そうなの?」

「ええ。病院まで乗っていってください」

「いやあ、悪いね。助かるよ」

健二はタクシーに乗り込むなり、一方的に圭吾を質問責めにした。興味があるわけではない。こちらの事情を訊《き》かれる隙を与えないためだ。

「眼科へは定期的に行っているの？」

「二、三ヶ月毎《ごと》に。ただ最近は眼圧が上がっているので、毎週検査に通っています」

「大変だな」

「仕方ないですよ。ああ、先週、病院で偶然実希子ちゃんに会いましたよ」

「へえ」

東京に住んでいるはずの実希子がなぜ岩倉台総合病院にいたのか訊く前に、タクシーは目的地に到着した。

「では、僕はここで」

「ありがとう。運賃、いくらだった？　半分出すよ」

「いや、いいですよ。どのみち一人で乗るはずのタクシーだったんですから」

「そうか。悪いな」

「それでは絵里ちゃんによろしくお伝えください」

圭吾はそう言い残し、再診受付機の並ぶロビーへと向かっていった。

絵里……？

健二は圭吾の去り際《ぎわ》の言葉の意味を考えた。

圭吾と共通の知人で絵里といったら、進藤絵里しかいない。絵里がどうしたっていうんだ？　郁美の通夜《つや》でも見かけなかったし、今ごろなぜあいつの話になるのかさっぱりわからない。「絵里ちゃんによろしくお伝えください」あいつはそう言った。健二が絵里と会うことが決まっているみたいに。

新たなタクシーがやってきて、見舞いの花束を持った見知らぬ女性が降りた。その場に佇《たたず》んだままだった健二は慌《あわ》てて道を譲る。院内へ入っていく女性の後ろ姿を見るともなしに見送っていると、ふいに鼻詰まりが解消したみたいに頭の通りがよくなった。

「……あ。そうか」

声が漏れる。

圭吾が先週実希子に会ったと言ったのは、俺も絵里に関するなにかのために病院に向かっていると思っていたのか。

絵里はここに入院している。だから通夜《つや》にも来なかった。それを知った俺が見舞いに来た。そういうことか？　そういえば、少し前に徹から絵里がどうとか連絡があった気がする。保育園の迎えの時間が迫っていて、いい加減な受け答えをしたが、それが入院の話だったのかもしれない。

郁美の死からこの方、どうも小学生時代に繋がり過ぎていやしないか。それとも、郁美のことがあったから、小学生時代を思い出しているだけなのか。おそらく後者なのだろう。そうは思っても、過去は影のように貼り付いて、どこまでもついてくる気がしてならなかった。


「やってみる？」

郁美は組み合わせた両手を健二の前に差し出した。呪具にするために捕まえたトカゲを手のひらに閉じ込めたばかりだった。

「え？」

言われた健二だけでなく、マンガを読んだりおしゃべりをしたりしていたほかの三人も声を上げた。郁美はみんなの反応の大きさが予想外だったらしく、照れたように肩をすくめた。

「しっぽを切らせるだけ。殺すわけじゃないよ」

郁美としては、殺すわけじゃないならと、ためらいを払拭《ふっしょく》させるための言葉だったのだろうが、健二には警告に聞こえた。あんたは殺したいんだろうけど、そこまではしないで、と。

「しっぽを切るのだって、充分怖いよ」

実希子が心底恐ろしそうに顔を歪めて言った。

「そんなことないよ。勝手に切れるんだもん」

郁美が差し出した手を見た実希子は、高い声で叫んで絵里に抱きついた。

「絵里ちゃんは？　徹くんは？」

律儀《りちぎ》にも郁美は全員の意思を確認している。みんなが首を横に振ると、そう、と傷ついたように目を伏せた。それを気の毒に思ったわけでもないが、つとめて軽い調子で言ってみた。

「俺、やってみようかな」

実希子と絵里は、信じられないというように、さらにしかと抱き合い、徹は「すげーな」と感嘆の声を上げた。

郁美は珍しく大きな笑みを浮かべると、慎重にトカゲを健二の手へと移した。トカゲを受け取った健二は、人差し指と親指で頭を押さえ、手のひらで胴を包み込む。小指側から飛び出た尾が激しく動いている。

「あまり根元で切らないであげて。死んじゃうこともあるし、新しいしっぽが生えても次は前回より根元じゃないと切れないから」

「うん。わかった」

健二はわざと尾の根元を摘まんでトカゲを地面に下ろした。尻尾を押さえつけられたトカゲは必死にもがき、尾を残して走り去った。

自切の瞬間を見るのが好きだった。健二の手から逃れるために、自ら尾を切り離してまで逃げる姿がたまらなく愛おしい。残された尾は健二の指に摘まれたまましばらく動いていたが、やがてゆっくりと動きを止めた。

実希子と絵里は秘密基地にしている開けた空間を離れ、トカゲのことを意識から追い出そうとしてなのか、雑木林の中で花のついた雑草かなにかを摘んでいた。徹は郁美と並んで健二のやることを見ていたが、トカゲの尾が郁美の手に渡ってもまだ視線を外さなかった。

そして、やけに真剣な面持ちで郁美に問いかけた。

「やっぱこういうのって、願いごとをする本人がやった方が効果あったりするわけ？」

「うん。そりゃそうだよ。それだけ念がこもるからね」

「じゃあ本当に叶えたい願いができたら自分でやってみようかな」

「いいね。教えてあげるよ。って言っても、私もドワーフから教わっているんだけどね」

離れた場所から「きゃあ」と笑い声が聞こえて、目を向けると、実希子と絵里がじゃれ合っていた。視線を戻した時には、郁美はトカゲの尾を紙に包んでいて、徹はマンガを開いていた。トカゲの尾が力尽きていく様を何度も思い返していたのは、たぶん健二だけだった。


直紀に会うため院内に入ったところで、病室を聞きそびれたことに気が付いた。病棟さえわからない。母に確かめるべく、通話可能エリアを探してエレベーターホールを通りかかると、ちょうど到着したエレベーターから母が現れた。健二に気が付くと、一瞬驚いたように眉を上げたが、すぐに居心地悪そうに曖昧《あいまい》な笑みを浮かべた。

「あのさ、母さん」

「さっきは悪かったね」

直紀は？　と尋ねる前にさえぎって謝られ、言葉を続けにくくなる。「ああ」とも「うん」ともつかない唸《うな》り声のような返事をした。

母が疲れた足取りで会計待ちのロビーに向かうのについていく。

「会計するの？」

「ううん、今日はない。ちょっと座りたくて」

午後は診療が少ないのか、窓口には呼び出しボタンが置かれているだけでひと気がない。当然、椅子には誰も座っていなかった。

「ちょっとここに座ってて」

手を貸して座らせると、母はふう、と大きく息を吐いた。吐いた分だけしぼんだように見えた。

廊下の先にある売店で温かいミルクティとブラックコーヒーを買ってきて、疲れた時は甘いものがいいだろうと母にミルクティを渡そうとしたのに、ブラックコーヒーを取られた。何年振りかわからないくらい久しぶりにミルクティを飲む。甘ったるい液体においしさは感じないものの、なんだかほっとした。

「さっきは悪かったね」

母はまったく同じ台詞《せりふ》を繰り返した。

「うん、まあ、いいよ。俺も余計なこと言っちゃったし」

今度はきちんと答えた。

母は安心したように小さく頷くと、両手で包み込んだブラックコーヒーのペットボトルを見つめて「苦いね、これ」と言うものだから、少し笑ってしまう。

「ほかのもの買ってこようか？　なにがいい？」

「いい、いい。もったいない」

そのくせ飲みもせずに蓋《ふた》をして健二に寄越した。

「健二の言う通りね、怖かったんだよ。あんたが子供のころだけどね」

「うん」

「ほら、よく虫を捕ってきては羽をむしったりしてたでしょう。庭に来る猫を……その、怪我させたり。なんでそんなことができるんだろうって思ってた」

「うん。けど、やめろって言われたことはなかったよね。なんで？」

「お父さんがね、男の子なんてそんなもんだ、じきにやらなくなるから好きにさせておけって。実際、そうなったしね」

「まあそうだね」

実際には成長したくらいで性癖が変わるはずもなく、ただ隠秘がうまくなっていっただけだ。

「ただね、なおくんがパパを怖がっているのは本当なんだよ。お医者さんも混乱しているだけだろうって言ってるけどね」

「そっか」

「だから、今日は会わずに帰ろう」

「うん」

健二は素直に受け入れた。

心配で顔を見たい気持ちも本当だった。けれども、捻り潰したい欲望も同じ強さであった。可愛《かわい》ければ可愛いほど、愛おしければ愛おしいほど、傷つけ、壊したくなる。小さく柔らかい我が子を見るのはつらかった。特に弱っている姿など目にしたら、制御がきかなくなる気がした。想像するだけでぞくぞくとした衝動が全身を駆け巡る。理性と本能のどちらも本物だった。健二はやり場のない欲求を霧散させるため、母に気づかれないように舌先を強く嚙《か》んだ。口の中に血の味が広がって、ようやく心が落ち着いてきた。

帰る前にトイレに寄るという母を待つ間、ガラスの壁面の向こうに広がる外を眺めていた。午後の日差しはやわらかい。自分たちが大変な目に遭っているのに、世の中は何事もなかったように照らされている。このガラスの壁面は、病院の内と外を隔てるものなどではなくて、幸と不幸もしくは善と悪を隔てるものなのかもしれない。健二が二度と行くことのできない世界。二度と？ いや、一度でもあちら側にいたことがあっただろうか。多くの人はこの境を行ったり来たりするのだろう。実希子などはこちら側に足を踏み入れたことさえないに違いない。そのことに思い至ると、少し救われた気がした。

きっと、同じ時間を過ごした幼馴染《おさななじ》みは、互いの欠片《かけら》を持っている。それは思い出かもしれないし、なにか、ほんの小さななにか、影響を受けたものがあるのかもしれない。だとすれば、実希子だって健二を構成する欠片くらいは持っているはずだ。その欠片を持った実希子が陽のあたる場所にいることが、健二を日向《ひなた》に繋《つな》ぎ止めてくれている。

駐車場にはまばらに車が停まっている。抜け道代わりに使う地元の住人たちが行き交う。歩行者用信号機が赤になったのか、人波がぱたりと途絶えた。そこに、大きな塊が現れた。それが人だと気づくのにしばしかかった。目の前を一人の男が通りかかる。

崩れたドレッドヘアみたいな頭髪に、服の原型が想像できない布を幾重にもまとっている。ホームレスだろう。目が離せなかった。

健二の視線を感じたのか、ガラスの向こうで男がこちらに向き直った。髭《ひげ》か頭髪か区別のつかない毛の塊がもさりと動いた。笑ったのかもしれない。

既知の友人へ挨拶《あいさつ》するかのように片手を上げる。男の袖《そで》が滑り落ちて左手があらわになる。汚れとは異なる、焦《こ》げたように黒ずんだ手首。その先は失われている。

「あいつ……」

思い出した。突如、記憶の底からグロテスクな深海魚が釣り上げられる。一瞬にして現在に引き上げられた過去は、当時の形を保ち切れずに醜い臓物を噴出させた。

「あいつの仕業か」

健二の過去を知る男。どうやったのかはわからないが、あいつのせいでこんなことになったのに違いない。昔からあいつは得体のしれないやつだった。どこか自分と重なる部分も感じる。だからあいつの仕業だと思うのだ。どこかで健二が苦しむさまを見て悦に入っていたのだろう。

健二は男への怒りが湧《わ》き上がると同時に、強い罪悪感にも襲われた。息子を傷つけたことに対するようでもあり、小さな生き物たちの体の一部を生きながらに切断してきたことに対するもののようでもある。

男は暗い穴にしか見えない目で健二を見つめ、手首から先のない腕を何度も振る。強い忌避感に襲われながらも、抗えない誘惑を感じていた。健二の手はゆっくりと胸の高さまで上がっていく。手を振り返そうとした、その時。

「おまたせ。帰ろうか」

外の風景を遮るように、健二の目の前に母が立った。

頭をずらして外を眺めると、人の流れが戻っていた。既にあの男の姿はない。

「母さん。ごめん、俺もトイレ行ってくる」

母の返事を待たずに、健二は廊下の角を曲がっていく。あの男を追うつもりだった。直紀の事故について問いただしてやる。

一番近い出入口はどこだ？

走り出さんばかりの勢いで院内を進むと、看護師や職員たちは慌てて壁に張り付くようによける。それでも何人かにぶつかったが、気にしている余裕はなかった。

やっとのことで外に出ると、目の前は緑の多い公園だった。正面玄関とは別の出入口から出たらしい。こんな場所があったのか。育った町なのに初めて見る公園だった。

「おいっ！　どこ行った？」

大声にぎょっとした通行人が、健二から距離をとって足早に通り過ぎていく。たちまち辺りに人はいなくなり、カラスだけが騒がしく鳴いている。

騒々しい鳴き声のする方を見ると、公園のベンチの周りに見たこともないほど多くのカラスが群がっていた。ベンチに誰かが座っているようだ。カラスの陰になってその姿は見えない。ゆっくり近づくと、カラスの群れの隙間から先ほどの男の姿が見えた。ゆったりとベンチに腰掛けて、鳩《はと》にパンくずでもやるようにカラスに餌《えさ》を与えていた。

「おまえ……！」

健二が男に向かって歩いていくと、一足ごとに砂が鳴った。一羽二羽とカラスが飛び立つ。健二のために道を開けてくれているみたいに。どのカラスも遠くへ飛び去るでもなく、ベンチの脇《わき》の木の枝にとまってこちらを見下ろしている。健二がベンチの前に辿《たど》り着くと、男はゆっくりと顔を上げた。

「やっぱりおまえか」

間違いない。この男を知っている。子供のころ、雑木林の防空壕《ぼうくうごう》跡に住んでいた男だ。健二たちは男のことをドワーフと呼んでいた。少しも変わらない姿だったため、すぐにわかった。

待てよ？　変わらない？　二十五年も経っているのに？

改めて男の全身を眺める。

人違いか？　そうだ、そうに決まっている。あのころだってまともに顔を見たことなどなかったじゃないか。ドワーフと話すのは郁美だけだった。

俺はなにをやっているんだ。見ず知らずの男を追ってこんなところまでくるなんて、どうかしている。そうだ、直紀のことで動揺し、頭が混乱していたんだ。いつまでも待たせていると母さんが心配する。戻ろう。

健二は病院に戻るため、男に背を向けた。

——ぐちゃり。

踏み出した足が柔らかい物体を踏んだ。靴底が滑ってよろけた。異様な感触に足元を見ると、五センチほどの赤っぽい物体が落ちていた。形の曖昧なそれには、濡れたような艶《つや》がある。見ればほかにも同じような物体が砂の上に散らばっている。健二はその場に立ちすくんだ。

健二の動きが止まったことで警戒心を解いたのだろう、樹上にいたカラスたちが次々と舞い降りてきて、地面に落ちている物体をついばみ始めた。男が撒《ま》いていた餌はこれだったのか。

カラスは物体をくちばしの先ではさむと、上を向いて喉に落としていく。その物体は肉片だった。

今度こそ立ち去ろうと足を踏み出した瞬間、低くざらついた声がした。

――あそぼうよぉ。

無視して歩を進める健二の背に向けて再度声がかけられた。

――もっと大きな生き物を傷つけられますように。

読み上げるような平坦《へいたん》な口調。

健二の足が止まった。呼吸までも止めていた。心臓の鼓動だけが激しさを増す。

男が口にした言葉は、かつて健二が儀式で唱えた願いごとだ。

恐る恐る振り向く。視線、首、肩、腰とそれぞれのパーツを順に動かすことしかできない。最後につま先が向きを変えるのを待って男はこう言った。

――願いは叶えたよ。

その言葉を合図にバサバサと大きな音がしたかと思うとたちまち視界が黒く染まった。カラスたちがついばんでいた肉片を放り出し、一斉に健二めがけて飛んできたのだ。

「うわっ！　やめろっ！」

カラスの羽ばたきで砂が舞い上がる。無数の羽が頬を打つ。鳴きながら迫りくるくちばしからは生臭さが漂う。

願いを叶えただと？　今更？　あれから何年経っていると思っているんだ。とっくにあんなのは子供の遊びだとわかっている。それなのになぜ。叶えたとはどういうことだ？　直紀に怪我を負わせたことを指しているのか？　そんなことは願っていない。

俺は、俺は……！

ドワーフに言ってやりたいことは山ほどある。しかしカラスたちが執拗《しつよう》に襲ってくるため、脳内では饒舌《じょうぜつ》な声も発声されると意味をなさない叫び声にしかならない。

至近距離で目にするカラスは思っていたよりも大きい。そして力強い。絶え間なく襲われる中では、殴りつけてくる翼など痛みのうちに入らない。鋭い鉤爪《かぎづめ》が肉を突き破って深く刺さる。少しでも抵抗を弱めると、すかさず肩や頭にとまろうとしてくる。

一羽のカラスが正面から飛んできた勢いのまま健二の胸に飛び込み、着地した足で喉元へと駆け上ってくる。喉仏の真下の肉が裂け、ヒューヒューと音が鳴る。すぐにうがいをするような水っぽい音へと変わる。温かいものが胸を濡らす。自らの血の臭《にお》いにむせる。その口を翼が覆《おお》う。息苦しさを感じる間もなく、複数のカラスのくちばしによって肩や額を打ちつけられ、健二は仰向けに倒れた。ポケットから財布とスマートフォンが飛び出す。

　誰かに助けを――

　手探りでスマートフォンを摑《つか》んだ。だが手にはしたものの、絶え間なく襲ってくるカラスの隙《すき》をついて操作することなど不可能だ。そもそも裂けた喉では声を出すことも叶わず、ただ握り締めることしかできない。

　涙や唾液《だえき》や鼻水で濡れた顔に砂がつく。目に入る。口に入る。全身はもっとずっとひどい目に遭っているのに、目の痛みや砂を嚙んだ不快感の方が鮮明だった。全身に受けている初めての痛みには現実感を持てずにいた。

　スマートフォンが手の中で振動した。メッセージを受信した際のバイブレーション通知だ。だが、どうすることもできない。

　一羽のカラスが一際高らかに鳴く。すると、ほかのカラスも更に激しく鳴きかわす。そして、第二ステージに突入とばかりにカラスたちが健二の腹に、胸に、顔に飛び乗ってくる。傷口を鉤爪でこじ開け、くちばしを突っ込んでくる。

　もはや叫び声も出ない。呻《うめ》き声に似た音が漏れるが、健二に発声しているつもりはなく、胸や腹を圧迫されて空気が漏れる際に音が鳴っているだけだ。とうに体の感覚は失われ、もがくこともできない。舌を抜かれ、眼球はえぐられて、聴覚だけが残っている。それと、手の感覚——

再びバイブレーション通知が届く。

ああ。誰からのメッセージだろう。返信しなきゃ……

嘲《あざけ》るようなカラスの声を聞く。腹から温かいものが引きずり出されていく。体が軽くなった気がした。そして恐ろしく寒い。その感覚を最後に、健二の意識は途絶えた。

4　まじないの儀式　――刈谷徹

「ねえ、もう健二くんとは飲みに行ったの？」

日曜の昼下がり、実希子の部屋でゲームをしていると、隣で本を読んでいた実希子がふと顔を上げて言った。

「あ、いや、まだ――あっ、やべっ、そっちじゃない」

徹はゲーム機から目を離さずに答えた。

郁美の通夜《つや》で再会した際、健二から今度飲みに行こうぜと誘われたのだ。社交辞令のつもりで賛同したら、向こうは本気だったらしい。

正直、乗り気ではない。健二が嫌だということではなく、岩倉台に関わるのが嫌なのだ。どうしても兄やあの儀式を思い出してしまうから。絵里の見舞いだって実希子が当然のように一緒に行くと思っているから一度は行ったまでで、二度目は適当な理由をつくって断った。絵里の入院について健二に連絡した際も飲みに誘われたが、忙しさを理由に断った。そもそも実希子に促されなければ健二に連絡することもなかったのに、都合がよくなったら連絡しろと言われた。

「健二くん、徹からの連絡を待っているんじゃないの？」

「先週、メッセージは送ったんだよ。返信がなくてさ」

ゲーム機をスマートフォンに持ち替え、ほら、とアプリを開いて送信済みメッセージを見せる。

「当日に誘われても健二くんだって困るよ」

もちろんわざとだ。断らせるために送ったのだ。こちらから誘った事実を残しておけば、義理は果たしたことになるだろう。だから断られるどころか返信がないのには助かった。

「まあ、あいつも忙しいのかもな。未読だし」

「あれ？　ほんとだ。気づいてないのかな？」

「さあ？　もういいよ」

「えー。せっかく再会したんだから、またみんなで会おうよ。そうだ、健二くんと絵里ちゃんにも結婚式に参列してもらわない？」

勘弁してくれよと言いたいのを飲み込んだ。共通の友人である二人を招待するのは自然な流れだと思ったからだ。それでもやはり気乗りしない。

「飲みに行ったら聞いてみるよ」

行くつもりはないけどな、と心の中で付け加える。

徹の本心を知らない実希子はその言葉で納得したようで、「コーヒー淹《い》れるね」と立ち上がった。

なるべく関わりたくないとは思っているが、それでも岩倉台での思い出は悪いものばかりではない。楽しいことの方が多かったはずだ。兄が亡《な》くなるまでは。

兄の墓参りをしたのは随分久しぶりだった。実希子に提案されなければ結婚の報告をしようなどとは思いつきもしなかっただろう。両親は盆や彼岸、年始のほか、命日にも欠かさず墓参している。徹も学生のうちは親に誘われるまま同行していたが、社会人になってからは忙しさを理由に断り続けている。親の方も慣れてきたようで、時期になれば連絡は来るものの、両親が伊豆から出てくるという内容に過ぎず、徹を墓参りに誘うことすらなくなった。そんな十数年ぶりの墓参りだというのに、あの広い墓地の中で迷わず修の墓に辿《たど》り着けたのは自分でも意外だった。

これまでずっと足が遠のいていた理由は二つある。

一つ目の理由は、罪悪感だ。修が命を絶ったのは自分のせいだとの思いをずっと抱えていた。修の大学受験不合格はきっと徹のせいだ。そしてその不合格という結果が死を選ぶ原因になったのだから、やはりそれも徹のせいだ。けれども、徹がそんなふうに感じていたとは誰も知らない。郁美を除いては。

二つ目の理由は、墓は単なるモニュメントだと思っているためだ。徹は中学生になるとスピリチュアルなものを懐疑的にとらえるようになった。人は死んだらなにも残らない。郁美と遊ばなくなると、徹が神秘的な現象に接する機会はなくなった。占いやまじないが身近にあるから、当たるとか当たらないとか、叶《かな》うとか叶わないとか、見えないなにかの存在を意識してしまうのだ。本当は、世の中にそういう神秘的な現象はあるのかもしれない。それでも徹は、否定的だった。そんなものがあってはならない。あると認めてしまったら、修の死の原因が自分にあることが決定的になってしまう。

この二つには矛盾がある。神秘性を信じないと言いながら、過去のまじないに囚《とら》われている。本当に信じていないのならば罪悪感を抱くはずなどないのだ。信じていないのではなく、信じたくなかった。だから、意識して科学的な思考をする人間になろうとしてきた。

長い時間がかかったが、今では本心から、占いやまじないに信憑性《しんぴょうせい》はないと思っている。なにかしらの認知バイアスなんじゃないだろうか。それらを楽しむことを否定はしない。徹だって今日の運勢なんてものが目に入れば読んでみたりするし、寺社でおみくじを引くこともある。ただそれは徹にとってはレジャーの一つだ。

修のことを自分のせいだと思ってしまったのも錯誤相関だろう。冷静に客観的に振り返れば、徹がしたことと修がしたことの相関はない。それを相関していると思い込んでしまっただけ。頭ではそうわかっているのに、罪悪感は心に刻まれていて消すことができないでいる。

そんな心の傷を癒《いや》してくれるのが実希子だ。

実希子と再会したあと、本当はもう会わないつもりだった。幼馴染《おさななじ》みやあの町は徹の罪悪感を蘇《よみがえ》らせるからだ。徹の行動は関係ないとわかっていても、十のうち一は不思議な力が働いたのではないかと今でも思ってしまうところもある。

だけど、徹との再会を心から喜んでくれている実希子を突き放すのも気が引けた。

それに長年交流が途絶えていたとは思えないほど気の置けない相手であることも否《いな》めない。仕事帰りに一緒に食事をするような付き合いを続けるうちに、実希子と過ごす時間の穏やかさがかけがえのないものになっていた。

それだけに、あのことを実希子に知られたら離れていくに違いないと不安にもなる。

特に絵里からおまじないだの影のような猫だのと聞かされてからは、いつ、あの儀式の話になるかと気が気ではなかった。ただ、絵里は徹がなにを願ったのかまでは知らない。

だから、実のところ、郁美が亡《な》くなったと知った時は、驚きの次に湧《わ》いた感情は安《あん》堵《ど》だった。唯一《ゆいいつ》、徹の願いを知っている郁美がいなくなった今、徹が自分で暴露しない限りはあの話が実希子の耳に入ることはない。

それにあんなのは子供の遊びだ。なんの効力もないに決まっている。

大丈夫だ。自分に言い聞かせる。それでもまた不安が押し寄せる。

本気じゃなかったんだ。そんなことを言ってももう遅い。

知られたくない。蔑《さげす》まれたくない。あの夏の日、徹がなにを願ったのか、けして知られたくない。

「そうだ。聞きたいことがあるの」

実希子はそう言いながら、両手にコーヒーの入ったマグカップを持ってソファにやってきた。いつだったか実希子の誕生日に徹が買ってあげたソファだ。気に入っているから新居にも持っていくと言っている。

「徹はドワーフってわかる?」

「えっと……ファンタジーに出てくる?」

「そっちじゃなくて、秘密基地にいたっていう……」

ドワーフという呼び名を久しぶりに聞いた。

「ああ、そんな男がいたな。防空壕《ぼうくうごう》の跡に住んでいた人だろ?」

「覚えているの?」

「まさか全然覚えてないとか言わないよな?」

「言うよ。全然覚えてないよ。なんでみんな覚えてるの?」

一人で絵里を見舞いに行った際、ドワーフの話をされたというのだ。自分は覚えていないから絵里の勘違いじゃないかという実希子に、どうやったら思い出させることができるのだろう。むしろよく忘れられたものだと感心する。

実希子のこういう緩んだ感じが心地いい。結婚してもいちいち小さな衝突をしないですみそうだ。

徹はコーヒーをひと口飲んでから言った。

「だってなんていうか、すごく特徴的な人だったよ」

「防空壕に住んでいたこと?」

「うん。それもそうなんだけど、片手がなかっただろ。手首から先だけ。残った部分も木炭みたいに黒くなってて」

「ドワーフって、手がなかったの？　どうして？」

実希子はまるで自分の手が消えてしまうのを恐れるかのように、両手で包み込んでいたマグカップをそっとテーブルに置いた。ことりと小さな音がした。

「さあ？　手のことだけじゃなくて、ほとんど口をきいたことはなかったし」

「そうなの？　それなのに覚えているの？」

「俺たちは直接話していないんだよ。ただ、郁美はよくドワーフと一緒にいたな。あいつ、魔女とか呼ばれて、クラスの女子におまじないを教えたりしてただろ」

「うん。してたね」

「あれってほとんどドワーフから教わったらしいぞ」

「へぇ。そうだったんだ……知らなかった」

「ドワーフのそういうところもさ、得体が知れないっていうか、怖かったんだよな。それに、今思えば、その感覚は正しかったのかもしれないな。……実希子もあの事件は覚えているだろ？　郁美が変な男に抱きつかれていたとかで、大人たちが不審者探しを始めてさ」

ルールを決めていたわけでもないが、秘密基地を出る時はたいていみんな一緒だった。あそこはみんなの秘密基地であって、抜け駆けは許されないという暗黙の了解があったからだ。

雑木林を抜けて舗装された道路に出たところで手を振り合うと、夢から覚めた心地がしたものだ。木々の陰になっている秘密基地はすでに薄暗かったのに、町はまだ夕暮れが始まったばかりの色合いで、異界から生還した冒険者の気分になった。

発端は絵里だった。

絵里が事件を目撃したその日も、秘密基地を出た時は全員揃《そろ》っていたはずだ。いちいち人数を数えたわけではないが、五人しかいないのだから、誰かがいなければすぐに気づく。

「あった、あった。うん、覚えているよ。たしか絵里が騒いでいたんだよね」

「そう、それだよ。あれはどうやらドワーフのことらしいんだな。ドワーフが郁美のことを撫《な》でたり抱き締めたりしているのを見たんだって」

話しながら、今まで気にしていなかったことが引っかかった。

絵里はなんのために秘密基地に戻ったんだ？　郁美が戻ったのはドワーフにまじないのことで聞きたいことができたとか、ドワーフが一人で戻ってくるように指示したとか、それなりに説明がつく。それが事件に繫《つな》がってしまったわけだが、そこに矛盾はない。けれども、その場に絵里までいることの理由がわからない。

「やだあ、怖い。気持ち悪い。でも当時はその意味をよくわかっていなかったから、なんとなく不気味って印象だけだった気がする」

「そうだよな。俺も、やっぱあのおじさんは変な人だったんだって納得したんだけど、そんなに重要なことだとは考えなかった。今なら大人たちが必死になって探していたのが理解できるよ」

ほんとうは絵里は秘密基地に戻ってはいなくて、あの事件はでっち上げだった可能性も考えられる。なぜなら、その後、大人たちがどれほど探しても——警察が動いても、該当する男は見つからなかったのだから。

あの事件を境に、ドワーフは姿を消した。警察は防空壕跡も調べていたが、人が暮らしていた形跡はなかったという。

「あのころは変なおじさんって結構いたよね。学校の帰りにトレンチコートの下が全裸っていう男の人に遭遇した友達がいたよ」

「そうだったね。まあいつの時代も変なやつはいるよ。ああいうのはいなくならないんだろうな」

話を合わせてそう答えはしたものの、ドワーフの異様さは町で遭遇する不審者とは別格に思えた。

小学生時代のことだ。事件以降の記憶しかないとすれば、実希子がドワーフのことを覚えていないのも不思議ではない。同じ時間を過ごしたとしても、同じものを見て同じことを感じていたわけではないだろう。ましてや、同じように記憶しているわけがないのだ。

実希子が忘れてしまった理由のひとつに思い当たることがある。

あのまじないの儀式だ。

あれに実希子だけは加わらなかった。だから当時の記憶に差があるのではないだろうか。実希子が忘れたのが特別なんじゃない。俺たちが覚えていることの方が特別なのだ。忘れられない体験をしてしまったがために。

秘密基地に行く時には五人そろっているのが当たり前だったから、実希子もその場にはいたのだと思う。頭の中で過去に焦点を合わせると、当時の情景が徐々に鮮明になってきた。

そうだ、たしかに実希子もいた。それで今しがたのように「怖い、気持ち悪い」と言って、儀式に参加しなかったのだ。

左肩に重みを感じて目をやると、実希子が眠りにつくところだった。こんなところで寝かせるわけにはいかないが、あまりにも無防備な顔に子供のころを思い出して、しばらくこのままでいようと思った。

まったく、実希子は変わらないな。

これもやはりあの儀式を経験したかどうかの違いなのだろうか。

徹はなるべく左肩を動かさないようにそろそろと右腕を伸ばしてマグカップを手に取った。コーヒーを飲んで、豆を変えたんだなと気づく。さらりとした飲み心地で、喉《のど》を通った後にふわりと麦茶のような香ばしさが残る。

マグカップを両手で握りしめたまま膝《ひざ》の上に軽く置く。

耳元で規則正しい息づかいが聞こえ始めた。

徹は浅く長い息を吐いて、ひとり過去に思いを馳《は》せた。

すべての始まりは、郁美が猫を拾ってきたことだ。

秘密基地での解散はみんな一緒だったが、到着はばらばらだった。それぞれクラスも違ったし、同じクラスの友達と下校していたからだ。

日によって到着順は変わったが、郁美が一番乗りであることが多かった。郁美は絵里と同じクラスだったこともあるはずだが、誰かとつるむのは性に合わないのか、学校で見かけるとだいたいひとりだった。

夏休みも間近のその日は、徹のクラスは担任の都合かなにかで、帰りの会が省略されて早々に下校できた。廊下も昇降口も通学路もほかのクラスの子は誰もいなくて、嬉《うれ》しいような、怖いような、妙な気分だったのを覚えている。

だから当然、秘密基地にも一番乗りで到着すると思われた。だが、いざ着いてみると、すでにこちらに背を向けて地べたに座り込む郁美がいた。長い髪は腰のあたりまで伸びていて、毛むくじゃらの生き物がいるようにも見えた。

「なんだよー。また郁美が一番乗りか」

ランドセルを下ろしながら大きめの声をかけた。この時期、雑木林は蟬《せみ》の声がうるさく、声を張り上げないと会話もできないほどだった。

郁美の肩がぴょこんと跳ねた。尻《しり》が地面から浮いたのではないかと思うくらいの跳ね方だった。

「驚きすぎだろ」

大げさな反応に笑っていると、ようやく郁美が緩慢な動作で振り向いた。両手をクロスさせ、胸になにかを抱えている。

「あれ？　なに持ってるの？」

近づいて覗《のぞ》き込むと、郁美は両手の囲いを少しだけ緩めた。中に、真っ黒な塊がいた。徹にはそれがなんなのか認識できなかった。

「ねえ、それなんなの？」

「……猫」

この塊のどこをどう見れば猫の形になるのかわからず、角度を変えて眺めてみるが、どこも真っ黒で頭と尻の区別さえつかない。

「俺にも抱かせてよ」

「だめ」

「なんでだよ、ケチ」

「えっと……この子が、怖がっているから」

そう言って、また外から見えないように両手で囲い込んだ。

郁美はじっと猫を抱いたまま黙り込み、徹は膝を抱えて座り、辺りの草をブチブチ千切った。それに飽きると、土を掘って土器の破片を探した。みんなで発掘ごっこをするといくらでも出てくるのに、今日に限って貝のひとつも見つからない。いつもは落ち着く空間なのに、今は居心地が悪くてたまらない。

気まずい沈黙が続き、座り込んだままの足がしびれてきたころ、ようやく草を踏み分けて近づく足音が聞こえてきた。

誰だろう？　健二だといいな。でもこの際、実希子でも絵里でも構わない。この居心地の悪さを消してくれるのなら誰でもよかった。

しかし現れた人影を見て、誰でもいいなどと思ったことを取り消したくなった。

「どうだ？　そろそろ暴れなくなっただろ？」

崩れたドレッドヘアみたいな頭髪。体に貼《は》り付いているのは、ミノムシのミノを思わせる重なり合った布。――ドワーフだった。

この男が自分たちの秘密基地を自由に出入りするのが嫌だった。だが、徹たちがこの空間を秘密基地にするずっと前から、ドワーフは雑木林の中にある防空壕跡で暮らしているのだから、こちらが出て行ってくれなどと言える立場ではない。それどころか逆に追い出されても文句は言えない。雑木林だって誰かの土地で、そもそもどちらにも占有する権利などないことを当時の徹は知らなかった。

「見て。落ち着いてきたみたい」

郁美が声を弾ませた。今度こそ猫を抱かせてもらえるのかと喜んだが、郁美の目は徹ではなくドワーフに向けられていた。

「ああ。いい感じだ。やっぱり君は素質がある」

「でもこのためにドワーフが」

郁美がどこか痛むような表情でドワーフの左手を見る。

「これか。構わない。呪具《じゅぐ》を用意すると言ったのはこちらだ。共に遊ぼう」

ドワーフは左手を胸の高さまで上げた。土の色とも草の汁の色ともつかない袖《そで》が、それ自身の重さで肘《ひじ》に向かって落ちていく。汚れの色とは異なる、焦《こ》げたように黒ずんだ手首があらわになる。

その瞬間、体の奥底に鋭い痛みと強烈な冷気を感じた。胃が捻《ね》じれ、心臓が凍った気がした。痛みは嘔気《おうき》に変わっていき、冷たさだけが胸の奥に滞っていた。

ドワーフの。黒い手首の。

ドンと太鼓の音が腹に響いたかのような重い衝撃があった。

手首の、その先にあるはずの左手はなかった。

今しがたの郁美とドワーフのやり取りを反芻《はんすう》する。子猫がおとなしくなったこと、そのことにドワーフが関係しているらしいこと、失われた手首より先。これらの意味するものはなんだ？　考えられるのは猫に齧《かじ》りとられた可能性。いや、あり得ない。

虎《とら》やライオンならともかく、子猫だ。それこそドワーフの拳《こぶし》ほどしかないではないか。そこではたと、ひとつの可能性に思い至った。

——拳？

ドワーフの。黒い手首の。その先の。左の——拳。

黒い手と……黒い、拳大の、子猫。

まさか。

心臓が喉元までせり上がってきたかのようにドクドクと脈打ち、呼吸が乱れる。ありえない。そんなことがあるはずない。そう思いながらも疑念を拭《ぬぐ》えない。郁美の腕の中を覗き込んだ際に猫の姿と認識できていれば、こんなばかな考えは浮かばなかったはずだ。そうさ、もう一度ちゃんと見れば。

けれども体中の力が抜けて動けなかった。

そんな徹の様子にドワーフが気づいたその時、賑《にぎ》やかな声が近づいてきた。みんながやってきたのだ。ドワーフは郁美に向かってひとつ頷《うなず》くと、雑木林の奥へと去っていった。

「わあ！　郁美ちゃん、それ、どうしたの？」

「ちいさーい！　かわいいー」

絵里と実希子が声を高くして騒ぐ。健二も嬉しそうな笑顔で郁美のそばに寄った。

「猫。拾ったの」

郁美は徹に見せた時のように少しだけ両手の囲いを緩めた。

「かわいいねー」

「ちいさいねー」

「真っ黒だねー」

なぜだ？　なぜ、みんなには猫に見えるんだ？

「どうしたの、この子？　お母さん猫は？」

「ひとりだったから迷子かも。カラスに襲われそうになっていたから連れてきたの」

「そっかぁ、猫ちゃん、危なかったね。助けてもらってよかったね」

体を操縦する気分でゆっくりと輪に近づくと、郁美と目が合った。

「徹くん、抱いてみる？」

「いや……いい」

今さら言われても、もう触る気にはなれなかった。

しかし、ほかの三人は徹の返答など耳に届いていないらしく、興奮気味に身を乗り出した。

「わあ！　抱く、抱く！」

「私も！」

「俺だって！」

みんなに順に抱かれるそれは、たしかに黒い子猫に見えた。

徹は遠目に眺めながら、腕や足にとまるやぶ蚊を叩《たた》き続けていた。


夏休みに入ると、郁美は呪具を作らなくなった。今までも誰かに頼まれて作っていただけで、自分でまじないをすることはなかったのかもしれない。だから学校へ行かないと呪具が必要にはならないのだろう。

それに猫の世話があった。世話といっても、自宅からくすねてきた牛乳を飲ませていたくらいだが。徹たちの中にペットを飼っているうちはなく、子猫になにをしてあげればいいのかわからなかった。煮干しや鰹節《かつおぶし》を与えたこともあったが、匂《にお》いを嗅《か》いだだけで口には入れなかった。まだ固形物が食べられないほど幼かったのだろう。

あれ以来、それは徹の目にもしっかり黒い子猫に見えていた。

猫はおとなしかった。小さいながらもよちよちと歩けたが、遠くに行くことはなく、秘密基地の中をうろうろする程度だ。鳴き声も上げない。おかげで、秘密基地で猫を飼っていることは、外の誰にも知られていなかった。

今までもそうだったが、秘密基地に集まる約束をしているわけではない。それでも平日は自然と全員集まった。けれども夏休みともなると、家族で出かける機会が増えるため、毎回全員が揃うとは限らない。むしろ、揃う日の方が珍しかった。

そんな緩い集まりだったが、実希子は自分が秘密基地に行く日は、必ず徹を呼びに来た。徹も予定のない日は誘いに乗ったが、誘われるのを待っているばかりではなく、ひとりでふらりと行くこともあった。

だが、そこに郁美しかいないと落ち着かなくて適当な理由をつけてすぐに帰った。猫の一件以来、郁美と二人きりになる時間が息苦しく感じられるようになっていた。だからといって家にいても兄の修に気兼ねしてゲームやテレビを楽しむ気分にもなれない。三つ上の修は、高校受験のための勉強をすでに始めていたからだ。

そんなわけだから、実希子が呼びに来てくれるのは嬉しかった。ただ、実希子の方は徹を誘いたいというよりむしろ、ひと目でも修に会えるんじゃないかと期待していることは明白だった。

実希子はずっと修に憧《あこが》れていた。本人は誰にも知られていないつもりのようだが、幼馴染みは四人ともとっくに気づいていた。修だってわかっていたのかもしれない。そのことで嫉妬《しっと》したことはない。当時は実希子に対してだけでなく、恋愛感情などというものは持ち合わせていなかったし、修は、弟の徹から見ても憧れの存在だったからだ。

修は昔から勉強も運動もできた。それに、子供の多い岩倉台で修は少し年上だったから、幼いうちはよく徹たちの子守り役をしてくれた。優しく頼りになる、みんなのお兄ちゃんだった。だから、将来の夢を訊《き》かれて即座に「お嫁さん！」と答える実希子が想《おも》いを寄せるのも当然だった。

夏休みも終わりが見えはじめたある朝、徹がラジオ体操から帰ってくると、部屋で修が待っていた。個室があてがわれるのは、修が高校生、徹が中学生になってからだと言われていて、そのころはまだ二人で一部屋を共有していた。だから部屋に修がいることは不思議ではないのだが、いつもなら空腹を持て余して誰より先に食卓で待機しているはずだった。

「あれ？　お兄ちゃん、もう朝ごはん食べたの？」

「いや。まだ。おまえが帰ってくるのを待ってた」

その口調はまるで同級生に話しかけるみたいに聞こえ、徹は大人扱いされた気がして口元が緩んだ。にやけ顔を誤魔化すため、わざと不機嫌そうな声を出してみた。

「なんだよ。なんか用？」

「悪いんだけどさ、お願いがあるんだ」

なんと、お願いときたもんだ。徹の顔はますますにやける。かつてこの完璧《かんぺき》な兄に頼られたことなどあっただろうか。自分が力を貸せることなどあるとは思えないが、対等に扱ってくれたのが誇らしかった。

「なんだよ。言ってみろよ」

力が入りすぎたせいか、心ならずも強い口調になってしまったが、修は気を悪くした様子もなく徹に向かって手を合わせた。

「金を貸してくれ！」

「え？」

「この前、ばあちゃんちでお小遣いをもらっただろ？　おまえ、まだ使ってないよな？」

先週は父がお盆休みで、家族そろって県内の祖父母宅へ遊びに行ったのだった。その際に小遣いをもらった。祖母にとって孫は年齢に関係なくただ孫というくくりで、小学生だろうが中学生だろうが小遣いの額は同じだった。それは毎年のお年玉にも言えることだった。この前は二人とも五千円ずつもらった。

「うん。まだあるけど……」

いずれはゲームソフトかなにかを買うつもりだけれど、今すぐほしいものがあるわけでもないから、その時まで大切に貯《た》めておくつもりだった。

「貸してくれないか？」

「え。お兄ちゃん、自分の分は？」

「まだ残っているけど、ちょっと足りないんだ。今日、学校の友達と映画に行くことになってさ」

聞きたいことはいくつもあった。残っているのはいくらなのかってこと。今日は夏期講習があるんじゃないかってこと。映画館のある街は子供だけで行くには遠いのではないかってこと。小学校でも、子供だけで繁華街に行かないようにと言われている。中学校だって同じはずだ。実際、この夏休みに修の同級生はゲームセンターに行ったのが学校にバレて罰として補習を受けさせられていると聞いた。

徹が戸惑っていると、修は台所か居間にいるであろう両親の気配を気にしつつ、徹の耳に口を寄せてきた。

「女子もいるんだよ。少しくらい奢《おご》ってやらないといけないだろ?」

低くささやく声に、徹は飛びのいた。修が得意げな笑顔を見せている。すごく大人に見えた。疑問はなにひとつ解明されていないし、女子に奢らないとならない理屈はわからなかったけど、そのためのお金を自分が貸すということがとても誇らしく感じた。

「いいよ。いくら貸せばいい?」

貯金箱にしている空き缶を開けながら訊いた。祖母から渡されたのは五千円札だった。必要のない分はおつりとして千円札をくれるものだと思った。

「五千円。サンキュ」

修は空き缶から直接五千円札を手に取って、ポケットに押し込み、台所へ向かった。

「お母さーん。ごはんまだあ?」

「もうちょっと待って。今支度してるから」

「おなかすいちゃったよー」

母と話す修の声を遠くに聞きながら、徹は乱暴に空き缶のふたを閉めた。

あの朝、修があんなことを頼んでこなければ、こんなことにはならなかった。

いつもと同じように、実希子が呼びに来て、でも修は出かけた後で、だから実希子は少し不機嫌で、それで徹もおもしろくなくて、だけど秘密基地に着いたら珍しく全員揃っていて、徹も実希子もすっかり機嫌を直して楽しく過ごしていた。そして、郁美が言った。

「みんな、おまじないをしてみない？」

みんなが一斉に郁美を見た。

魔女と呼ばれ、多くの依頼を受けて呪具を作ったりまじないの方法を教えていた郁美だったが、秘密基地のメンバーは誰も世話になったことがなかったからだ。今日は蝉の声がやけに賑やかだ。

「どうしたの、急に」

誰もが聞きたかった言葉を発したのは絵里だった。

郁美は猫を膝に乗せたまま不思議そうに首を傾《かし》げた。

「べつにどうもしないよ。ただ、みんなも願いごとくらいあるんじゃないかなと思っただけ。二学期が始まったら、またほかの人たちにいろいろ頼まれて手一杯になっちゃうし、今ならちょうどいいかなって」

「おまじない、する！」

実希子が勢いよく手を上げた。

絵里が「知ってるよーだ」と歯を見せて笑う。「みきちゃんの願いごとは『修くんのお嫁さんになれますように』でしょ？」

「えっ。やだ、なんでわかるの？」

「ばれてないと思っていることの方が驚きだよ」

「うそー。みんな知ってたの？」

やっぱり隠し通せていると思っていたのかと呆《あき》れる。と同時に、女子と一緒に映画に行くと浮かれていた兄の姿を思い出して、実希子が少し気の毒になる。知らない女子よりはずっと知っている実希子を応援したくなるのは当然だ。

徹も小さく手を上げた。

「俺もやってみようかな」

すると「私も」「俺も」と絵里や健二も続いた。郁美が満足げに頷く。

「みんな参加ね。じゃあ各自ひとつだけ用意して。おまじないをかける相手の持ち物がいるの。依《よ》り代《しろ》にして、おまじないを受ける人の代わりにするんだ。つまり、みきちゃんの場合なら修くんのなにか」

「ええー。修くんの持ち物なんて借りられないよ。どうしてもなくちゃだめ？」

「うん。だって、願いを聞いてくれる神様が誰のことかわからないでしょ？　形代《かたしろ》っていう身代わりになる人形みたいなのを作れたらもっとよかったんだけど、まだ私には難しいかな」

「なにそれ。藁《わら》人形みたいなやつ？」

徹が茶化すように尋ねたが、郁美はにこりともせず真顔で頷いた。

「うん。藁人形も形代のひとつだね。ほかには紙を人の形に切ったものもそうだし、もっと昔だと土偶もそうみたいだよ」

徹は自分から言い出したくせに、「こえーな」と呟《つぶや》いて口を閉じた。

郁美は肩をすくめて少し笑った。

「大丈夫だよ。今回は相手の持ち物を使うだけだし」

すると今度は実希子が不安そうに言った。

「どうしよう。修くんにおまじないをかけるからなにか貸してなんて言えないよ」

郁美は声を出して笑った。実希子の心配事があまりにささやかだったからだろう。

「徹くんに頼めばいいよ。枕《まくら》についた髪の毛とかでいいから」

「そんなのでいいなら任せとけよ」

徹は腰に手をあてて胸を張った。

「自分のことの場合は自分の髪の毛でいいのか?」

健二の質問に郁美は頷いた。

「そう。でも髪の毛にこだわらなくてもいいんだよ。普段使っている鉛筆とか消しゴムでも平気。けど、できるだけ毎日使っているものの方が効果あるよ」

「おっけー。わかった」

健二は自分のことで叶えたいなにかがあるのだろう。俺はなにを願おうか。

徹の思考を読み取ったかのように、郁美が声を潜めて告げる。

「呪詛《じゅそ》でもいいよ」

瞬時にして、みんなの表情が消え、なぜか蟬の声までやんだ。今まで耳に入っていなかった葉擦れの音がざわざわとうるさいほど響く。

「……なーんてね」

郁美がにやりと笑う。魔女のように。

「やだあ、郁美ちゃんが言うと怖いよー」

「やべぇ、まじかと思った」

「えへへ。ごめんごめん。でも、今までだって呪詛の依頼は多いよ」

「へえ、どんな？」

呪詛に興味が湧いて聞いてみた。

「うーん。そうね、次の日の授業で当たりそうな時に、先生が風邪をひいて休みますように、とか」

「ああ、なるほどね」

呪詛と聞くと怖いイメージがあったが、所詮《しょせん》子供のまじないだ。そんなものだろう。

「今、そんなもんかと思ったでしょ？　これだって呪詛のうちだから。誰かの幸福を願うのが祝福で、不幸を願うのが呪詛なんだから、病気になれっておまじないだって呪詛のうちだよ」

「うん、わかったわかった。なにを願うか考えておくよ。いつにする？」

郁美はうーんとなにもない斜め上に視線をやって考え、「そうだなぁ。じゃあ、登校日はどう？」と提案した。

夏休みは八月三十一日までだが、毎年だいたい一週間前に登校日がある。授業があるわけでもなく、宿題を提出したらすぐ下校になる。

「よし、登校日だな」

「うん、それなら忘れないね」

みんなで頷き合って、まじないの儀式は登校日に行うことに決まった。


そして、儀式の日。

クラスがバラバラだから下校時間がぴったり同じになるはずはないのに、郁美以外の全員が昇降口でばったり会った。こんなことは初めてだった。四人で通学路を歩くのは不思議な感じがした。だが考えてみれば、いくらクラスが違うとはいえ、同じ道を帰るのだ。今までこんな機会が一度もなかったことの方が不思議なのかもしれない。

「みんな、依り代は持ってきた？」

周りにほかの同級生がいなくなったところで、絵里が緊張気味に尋ねた。

「うん。これ」

健二が握り締めていたのは驚いたことに歯だった。

「え？　乳歯？　自分の？」

「そう。集めてるんだ。その中から一本持ってきた。髪の毛より効果ありそうじゃない？」

徹の家では下の歯は屋根の上に、上の歯は縁の下に投げていたから、集めている人がいるとは思いもしなかった。返事に困っていると、絵里が手のひらを広げた。飾りのついたヘアピンのようなものが乗っている。でも女の子が身につけるにしては地味だった。

「ネクタイピン。知ってる?」

三人とも首を振る。

「みんなのお父さんはネクタイピンを使わないの?」

そう言うからには絵里は父親のことを願うのだろう。なんだろう。出世とか? 給料アップとか? 叶えば絵里のおこづかいも増えるという計算なのかもしれない。

「ねえ、徹くん」

実希子が遠慮がちに服の裾《すそ》を引っ張っている。

「あれ、持ってきてくれた?」

「ああ、うん。今、渡しておくよ」

徹は、ランドセルを胸の方に回して、中から折りたたんだノートの切れ端を取り出した。中には修の枕についていた髪の毛が一本入っている。実希子は丁寧に受け取って「ありがとう」と大切そうに胸にあてた。

「徹くん、自分の分は？」

「俺のはこれ」

ズボンのポケットから消しゴムを取り出した。

「なにそれ。自分の？」

「まあ、そんなとこ」

自分のことを願うなら自分のものを用意したが、これは修の消しゴムだ。昨日のうちにこっそり机から盗んでおいた。

修に貸した金はまだ返ってこない。大金だからすぐには返してもらえそうもないと覚悟はしていたが、昨日の態度は頭にきた。

夕食の席で母と夏休み中の話になり、祖母にもらったお小遣いをどうしたかと聞かれたのだ。修は貯金箱に入っていると澄まして言った。自分も同じように答えればよかったのだろうが、しらじらしく嘘《うそ》をつく修の態度に驚いたせいで言葉に詰まった。するると、不審に思った母が「二人とも今すぐ貯金箱を持ってきなさい」と強い口調で言った。自分のせいで修まで窮地に立たせてしまい、申し訳ない気持ちと情けなさでずっとうつむいていた。

母のもとで同時に貯金箱代わりの空き缶を開けると——修の方には五千円札が一枚

入っていた。

「徹はなんで空なの？」

とっさに兄を見上げると、出来の悪い弟に同情するかのような顔があった。

「徹！　あんな大金、なにに使ったの！」

「……使ってない」

「使ってないのになくなるはずがないでしょ！」

散々叱責《しっせき》された後、修が母に言った。

「徹のことだからきっと大事にどこかにしまい込んで忘れているんじゃないの？」

「……そうなの？　徹」

兄に貸したのだと言いたかったのに、しゃべれないくらいに泣かされた徹には、しゃくり上げながら頷くのが精いっぱいだった。

部屋に戻ってから修は「ばかだなあ」と笑った。

「おまえも俺みたいにすっとぼけて『貯金箱にある』って言えばわざわざ確かめたりされなかったのに。明日、この五千円札を貸してやるから『机の引き出しにしまってあった』って見せて来いよ。で、見せたらちゃんと返せよ？」

その瞬間、徹は兄を呪《のろ》うことを決めたのだった。

雑木林に足を踏み入れると、蟬しぐれで聴覚が麻痺《まひ》しそうになる。時おりツクツクホウシの声が混じり、夏の終わりを感じて少し寂しくなる。風向きで盆踊りのテスト放送が聞こえる。今週末の祭りの準備をしているのだろう。

秘密基地には今日も郁美が一番乗りだった。木々の開けた空間の中心に佇《たたず》んでいる。ぴくりとも動かないので、木が生えているみたいだ。「郁美ちゃん？」と実希子か絵里が呼びかける声が聞こえた気がしたが、空耳かもしれないと思う。蟬がうるさすぎて、かえって静かに感じた。四人で郁美のそばに歩み寄る。うつむいた郁美の視線を辿り、息が止まった。蟬の声か耳鳴りか、頭の中がうわんうわん鳴っている。

郁美の足元には、黒い塊があった。猫だったはずのもの。いや、そもそもあれは初めから猫などではなかった。猫だと思い込まされていただけのもの。

触れずとも硬直しているのがわかった。そこに生気はない。あるのは拳大の黒い物体。郁美がやったのか？　かわいがっていたんじゃないのか？　それとも生き物ですらなかったのか？

蟬がうるさい。

「一人ずつ前に出て」

囁《ささや》き声なのに郁美の声が蝉の声を割ってしかと耳に届く。

「まずは健二くん」

健二は言われるままに郁美と並ぶ。郁美の口が動き、健二が頷く。徹のいるところまで声は聞こえない。健二は郁美からなにかを受け取り、しゃがみこんだ。そしてすぐに手にしていたものを郁美に返し、逃げるように雑木林を出て行った。

「次。絵里ちゃん」

絵里もためらうことなく進み、健二と同じ行動をとった。

なんだこれは。健二や絵里こそがまじないで操られているみたいだ。

「次。徹くん」

行くもんか。おまじないなんかしなくていい。そう思うのに、足は徹の意思に関係なく交互に前へ出される。

郁美に並ぶと、折りたたみ小刀が差し出された。三年生か四年生の時の教材で使っていたものだ。彫刻刀の授業に入る前に刃物の扱いに慣れるためのものだったと思う。たしかこれで鉛筆を削る練習をさせられたっけ。

「どこでもいいから小刀で切り裂いて。そこに持ってきたものを埋めて。大きくて入らないようなら傷口に触れるように乗せるだけでもいいよ。それから願いごとを囁いて」

頭の中が痺《しび》れてなにも考えられなかった。言われるままに小刀を手に取り、足元に転がる黒い塊に突き刺した。見た目よりも柔らかく、刃先がぷすりと入る感触は少し気持ちよくすらあった。そのまま右に引くと、滑らかに切り口が広がった。消しゴムを押し込む際に、囁く。

兄ちゃんにバチが当たりますように。

立ち上がり、小刀を郁美に返すと、もう一瞬たりともこの場にいたくなかった。雑木林を走った。出口はこんなに遠かっただろうか。走っても走っても辺りは木ばかりだった。もう一生雑木林から出られないんじゃないかと半ば本気で思い始めたころ、ふいに強い日差しのもとに躍り出た。気が抜けてその場に崩れ落ちた。

人心地ついて、顔を上げると、すぐそばの地べたに、腰を下ろした絵里と健二がいた。手にはなにも持っていなかった。

こいつらも願ったんだ……。

自分だけではないと思うと、少しだけ気分が落ち着いた。

そこへ、実希子が飛び出してきた。勢いよく俯《うつぶ》せに転んだ。

「みきちゃん！　大丈夫？」

絵里が走り寄る。徹と健二も実希子が起き上がるのに手を貸した。

実希子の顔は涙と汗でびしょ濡《ぬ》れで、頬や額には砂がついていた。うえっ、うえっ、と吐きそうな声で泣く。その涙を拭う手に握られているものを見て、徹たちは動きを止めた。実希子の手にはノートの切れ端があった。徹が用意した修の髪が。

実希子は、願わなかったのか……。

救われた気がした。落ちきらないで済んだような、すんでのところで躱《かわ》せたような、安心感。

はは っ……。

笑いがこみ上げる。

あははは は……！

徹は仰向けに寝転んで大声で笑った。健二や絵里も続く。アスファルトが焼けるように熱かったが、どうでもよかった。三人の笑い声と実希子の泣き声が、夏の終わりの空に蝉の声より大きく響き渡った。

その後、なぜか全員で熱を出し、週末の祭りには誰も参加できなかった。

5　魔女が遺したもの　――瀬尾実希子

やっぱり、ちょっと緊張したな。二度目の絵里との面会を終えてエレベーターに乗り込んだ実希子は、長く息を吐いた。

徹と三人で話した際は気にならなかったから、苦手だったことをすっかり忘れて呼び出しを快諾してしまった。徹にも声を掛けたが、時間を取れないと断られた上に、二人でゆっくり思い出話でもしてきなよ、とまで言われた。傍からはちゃんと仲良く見えていたんだな、と思う一方、つい相手に押されてうんと答えてしまう自分の悪癖にうんざりした。

けして絵里のことを嫌いなわけではない。むしろ好きだ。憧《あこが》れていたと言ってもいいくらいだ。男の子にも先生にも知らない大人にも言いたいことを言って、堂々と接することのできる絵里をかっこいいと思っていた。私も絵里のようになりたいと思っていた。なれるはずがないと気づいたのはいつだっただろう。

小学一年生の時は絵里と同じクラスだった。最初の数週間は親が付き添っての登下校だったこともあり、教室でも一緒にいることが多かった。けれども気づけば絵里は、休み時間も席が近い子たちと過ごすことが多くなっていた。実希子も仲間にいれてもらいたくて、声を掛けるタイミングをはかっていたが、複数人が同時に話す中に実希子の声を挟み込む隙間《すきま》はなかった。それでも諦《あきら》めきれずに人垣の周囲をうろついているうちに、人の輪はみるみる大きくなっていった。そうなってしまっては、もう実希子には近寄ることもできなかった。

それでも班を組む際には実希子を誘ってくれたし、放課後には秘密基地に集まって話すことができた。

好きなのに二人きりになるのが苦手なのは、私が罪悪感を抱いているから。

きっと絵里はもう覚えていないだろう。もしかしたら翌日には忘れていたかもしれない。

図工の時間に空き箱を持ってくるように言われたことがあった。箱に竹ひごを通して車輪を付け、車のようなものを作る授業だったと思う。

前日の夜に母が使いかけのティッシュペーパーの箱から中身を出してくれた。いつも買う大きさのものではなくて、郵便局で貯金をした際にサービスでもらったもので、一般的なティッシュペーパーの半分ほどの大きさしかない立方体に近い形の箱だった。実希子はその小ささと、ころんとした形をとてもかわいいと感じていて、図工の時間が楽しみだった。

どこかにぶつけて潰《つぶ》さないようにと、登校の際、箱の入った手提げ袋を恐る恐る持って歩く実希子を見て絵里は笑った。

「普通に持っていれば大丈夫だよ。私なんてほら」

そう言って、絵里は自分の手提げ袋をぐるんぐるん振り回した。

「あっ！」

勢いあまって手から離れ、飛んで行った手提げ袋からティッシュペーパーの箱が半分飛び出した。よくあるサイズのティッシュペーパーの箱だ。だけど、ピンク色の花柄デザインでかわいらしい。潰れてはいないが、角が少しへこんでいた。絵里が泣いてしまうのではないかと心配したが、箱を拾い上げた絵里は砂を払いもせずに無造作に箱をつかむと、平然と振り向いた。

「ね。全然平気でしょ？　どうせ切ったり穴開けたりするだろうし」

「それもそうだね」

箱が潰れるかどうかなんて些細《ささい》なことだった。あんなことになるなら、潰れるくらいどうってことなかった。

図工の時間になってようやく実希子は気づいた。

「はい、みんな忘れずに空き箱を持ってきたかな?」

「はーい」

「忘れた人は手を挙げて。いないようなので、作り方を説明します」

先生が黒板に図を描きながら手順を説明していく。

「竹ひごと車輪を使う時は前に取りに来てね。わからないところがあったら、手を挙げて」

「はーい」

教室に楽しそうな声があふれる。ほかの授業と違い、先生も私語を控えろとは注意しない。机の間を歩きながら、子供たちが机の上に空き箱を出している様子を確認していた先生の視線が実希子の上で止まった。

「瀬尾さん、なにしてるの。早く出して」

実希子は両手を膝《ひざ》の上に置き、うなだれていた。

「忘れたの？　なんでさっき先生が聞いた時に手を挙げなかったの？」

「……だって、違うから」

「なに？　聞こえないわ。忘れたのね？」

うつむいたまま首を横に振った。

「違うの？　それなら持ってきたの？」

こくりと頷《うなず》いた。

「じゃあ出して。ほら、早く」

スカートを強く握りしめて、何度も首を横に振った。

「は？　持ってきたんでしょ？　嘘《うそ》ついたの？　本当は忘れたの？」

語気が強まった先生の声に、教室が緊張を孕《はら》んで鎮《しず》まる。教室中の目と耳が自分に集まっているのを感じて、実希子の耳の付け根がカッと熱くなった。

「忘れたんでしょ？　正直に言いなさい」

どうしてわかってくれないんだろう。持ってきたのに。ちゃんと持ってきたのに。いつの間にかなくなっていたのに。

「先生」

絵里の声がした。

「猫の名前」

「ああ、猫」

「そう、猫。真っ黒だから影。みきちゃんは覚えてる？」

名前にはまったく覚えがなかった。秘密基地で子猫を世話したことなら覚えている。世話といえるほどのことではない。ただ愛《め》でていただけだ。給食の残りかなにかを持ち寄った記憶はあるが、そんなもので子猫の命は繋《つな》げないだろう。

しまいには、夏休みに秘密基地で子猫と過ごし、結局みんなして高熱を出した。不審がった親たちから、普段と違ったことをしていないか、と執拗《しつよう》に問われて、子猫のことを白状した。医者は納得したように頷き、感染症でしょうと言った。

小学校最後の夏休みだというのに、発熱で寝込んでいた実希子たち五人は、町内の盆踊りにも行けず、なんとも侘《わび》しい夏の終わりを迎えたのだった。

それ以来、猫の姿を見かけなくなった。あの猫はどうなったのだろうか。

絵里と話していると、なんて多くのことを覚えているのだろうと感心する。それに引き換え、私の記憶力のなんと頼りないことか。猫の名前も、ドワーフと呼ばれていた男性のことも思い出せない。

絵里の話し相手になりたかっただけなのに、そんな簡単なことさえ務まらない自分が情けなかった。絵里も実希子に話してはみたものの、期待外れだったのだろう。二度目の面会はすぐに切り上げられた。

エレベーターホールからロビーを通って出口へと向かう。曜日や時間帯によっては一般外来を受け付けていないことがあるのか、会計窓口の半分ほどは閉められていて、会計待ちの人も数人しかいない。

通り過ぎようとして、見覚えのある後ろ姿を認めた。通路際《ぎわ》に座っている男性の手には白杖《はくじょう》が握られている。似たような人はいくらでもいるはずだと思いつつも、正面に回り込んでみればやはりその人だった。

「圭吾くん？」

驚かさないように少し離れた位置から声を掛け、ゆっくり近づいてから顔を覗《のぞ》き込むようにかがんだ。圭吾の視線は合いそうで合わない。すぐに「実希子です」と名乗った。

「ああ、実希子ちゃんか」

意外な再会に驚くよりも、声を掛けてきた人物の正体がわかった安堵《あんど》の方が勝ったのだろう。圭吾は穏やかな笑顔を浮かべた。

「まさかこんなところで会うとは思いませんでしたよ」

圭吾が席をひとつ内側にずれて席を譲ってくれた。

ちょうどいいと思い、空いた席に腰を下ろしながら、

「絵里ちゃんがね、入院してるの。それでお見舞いに」と言いかけて、圭吾が絵里の母と挨拶《あいさつ》を交わしていたことを思い出す。日常的に交流がある様子だった。

「あ、でも知ってるよね。おばさんと話していたものね」

「はい。話だけは聞いています。骨折、でしたっけ？」

「うん。そう。今はまだ歩行器を使っているんだけど、来週には松葉杖で歩くリハビリが始まるんだって。それでね、さっき絵里ちゃんと話していて思い出せないことがあったの。ねえ、圭吾くんはドワーフって知ってる？」

圭吾は心当たりがない様子で考えこんでしまった。それもそのはずで、よくよく考えてみれば、圭吾と一緒に遊んだことなどほとんどなかった。ましてや秘密基地に五人以外の人をいれたことなどなかったはずだ。ほかの子供たちも実希子たちが雑木林を基地にしているのは知っていたかもしれないが、そこは暗黙の了解というか、それぞれの基地は不可侵領域だという認識があって、互いに勝手に立ち入るようなことはなかった。

「そうだよね。……ごめんね、急に変な話をして」

子供時代だってそれほど親しかったわけでもないのに、二十数年ぶりに再会したばかりの相手に尋ねる話ではない。きっと変な人だと思われただろう。

急に恥ずかしくなって立ち上がろうとすると、その気配を感じたのか、圭吾はこちらに顔を向けて「待って」と言った。

「知ってるかもしれない！」

「え？」

「知ってるというか……正確には、姉のノートで読みました」

「ノート？　私が持っている郁美ちゃんのノートのこと？」

実希子は今しがた浮かしたばかりの腰を椅子《いす》に戻した。

郁美のノートは日記とも覚書ともつかない、日々の出来事や思ったことなどが空想も交じえつつ書かれているのだという。おまじないの記録の他にも、秘密基地での出来事と共に、ドワーフの名が書かれていた気がするというのだ。

「ノートを読んでみてください」

「でも……」

たしかにあのノートはまだ実希子の手元にある。

「実希子ちゃんが読んだ後なら返してくれていいですよ」

「ほんと?」

思わず身を乗り出した。条件付きだけど返すことができる。郁美のノートを持ち続けることにずっと怯《おび》えを感じていた。綴《つづ》られた文字に呪《のろ》いでもかかっているような気がして。そんなこと、あるはずがないのに。だから圭吾に返したかったのだが、受け取ってもらえず、正直途方に暮れていたのだった。

「はい。その代わり、本当に読んでくださいね。一回でいいですから」

「うん。読むよ。いつ、どうやって返せばいい?」

自然と声が弾んだ。そうだ。初めから読めばよかったのだ。なにを怖がることがあるのだろう。たかが友達の日記じゃないか。それもはるか昔の。

圭吾とは、二週間後に岩倉台の雑木林の前で待ち合わせることになった。

また有休を取って実家の近くまで行くのは少し面倒にも感じたが、扱いに困っていたノートを返せるのならたいした労力にもならない。

気がかりがひとつ片付く目途がついたことで、早くも晴れやかな気分になった。

「わかったわ。じゃあ、二週間後に」

「徹はドワーフってわかる？」

約束の日を数日後に控えた週末、実希子は自分の部屋で徹と過ごしていた。ソファで隣に座る徹は「いったいなんの話？」とでも言いたげに眉根《まゆね》を寄せて怪訝《けげん》そうな顔をしたが、絵里のお見舞いに行った際に聞いたことを話すとすぐに通じた。

「ああ、そんな男がいたな。防空壕《ぼうくうごう》の跡に住んでいた人だろ？」

「覚えているの？」

「まさか全然覚えてないとか言わないよな？」

「言うよ。全然覚えてないよ。なんでみんな覚えてるの？」

隣に座って体ごと徹と向き合った。

徹はマグカップを手に取り、口元に寄せたところで手を止めた。香りでコーヒーを変えたことに気づいたかと思ったが違った。そのままコーヒーをひと口飲む。まだ気づかない。

徹がコーヒーの違いに気づいたら教えよう。徹の喜ぶ顔が浮かんで、心の奥がくすぐったくなった。

「だってなんていうか、すごく特徴的な人だったよ」

「防空壕に住んでいたこと？」

「うん。それもそうなんだけど、片手がなかっただろ。手首から先だけ。残った部分も木炭みたいに黒くなってて」

まるで記憶にない。健二も覚えているのだろうか。もし覚えていたら、私だけが忘れていることになる。記憶力に自信があるわけではないが、さすがにそんなに印象的な人を忘れるなんて、どうかしている。

胸の奥が凍《し》みる。覚えていない、ただそれだけのことが、ひどく恐ろしいことに思えてしまう。

たいしたことじゃない。自分に言い聞かせる。どんなに印象的なことだって、二十数年も前のことだ、忘れてもおかしくない。

実希子がよほど不安げな顔をしていたのだろう。徹がちょっと意地悪そうな笑みを浮かべた。からかう前の表情だ。子供のころから変わらない。

「ドワーフのことを忘れるなんて実希子らしいよ」

「ちょっとぉ、どういう意味よ」

「いや、ほら、実希子って怖がりだったじゃん。きっと不気味な人の記憶は消しちゃったんだよ。そういうことにしとこ」

「なにそれ。ひどーい」

徹はいつもそうだ。実希子が不安そうにしていると、すべて冗談にしてくれる。徹だけじゃない。絵里も健二も、郁美もそうだった。怖いもの、醜いもの、そういったものから実希子を遠ざけてくれた。

実希子は背が伸びるのも遅く、怖がりで、引っ込み思案だった。そのためか、同い年なのに幼馴染《おさななじ》みからは妹のように大切にされていた。みんなが回し読みしていた怖い話の本も「みきちゃんは読まない方がいいよ」と言われたし、水路に下りるのも砂利山に登るのも「危ないからみきちゃんはここで待ってて」と言われた。あのころはそれが居心地よかった。

いつからだろう。そのことに寂しさを覚えるようになったのは。

みそっかす。それは思いやりなのか、仲間外れなのか。

友達の善意を善意と受け取れない自分は嫌なやつなのだろうか。

夢を見ていた。

違う。これは思い出だ。

実希子は中学生だった。日直のため、放課後の職員室に学級日誌を届けに行く。

「失礼します」

担任の先生は席を外していた。机上に学級日誌を置いたと同時に「すみませんでした」と声が聞こえた。

三つ先の机の前で頭を下げている女子生徒がいた。長い髪をおさげにしている。郁美だ。

「もう持ってくるなよ」

「はい」

手のひらサイズのものを受け取って踵《きびす》を返した郁美と目が合った。気まずそうに笑みを浮かべる郁美と並んで職員室を後にする。

「失礼しました」

職員室のドアを閉め、廊下の壁際に寄って立ち止まった。

「変なところ見られちゃったね」

久しぶりに顔を合わせたのに、まるで毎日一緒に遊んでいた小学生のころのように親しげに話しかけてきた。心がほころんだ。

「どうしたの？」

「没収されたのを返してもらったの」

郁美の手にはカードサイズのケースがあった。繊細で優美な絵柄だ。

「タロットカード？」

「そう。今朝、ホームルームの前にやっていたらチャイムまでに片付けられなくて」

「郁美って占いもするんだっけ？」

「ちょっとね。中学だと占いを頼まれることが多くて」

「そうなんだ」

実希子の周りでも、おまじないというより占いのようなものの方が流行《はや》っている。シャープペンシルを自分の名前と好きな人の名前の数だけノックして、長い芯《しん》でハートを描いて塗りつぶし、その芯を折らずに使い切れたら両想《りょうおも》いになれる、とか。二人の名前の母音を数字に置き換えて組み合わせ、計算していくと相性がパーセンテージで出る、とか。

「そういえば、小学生のころもホロスコープを使った占いをしていたよね」

「うん。ホロスコープも今でもやるよ」

通学路を郁美と並んで歩くのは新鮮だった。中学生になってから話すのも久しぶりだったし、小学生のころも登下校はみんなバラバラだったから。それに、みんなで歩く時も、郁美はいつも一人だけ後ろをついてきていた。

秘密基地では、郁美の存在は少し特別で、幼馴染みなのに気安く話しかけてはいけないような雰囲気があった。呪具《じゅぐ》を扱う姿は厳《おごそ》かに見えた。それは徹や健二や絵里も同じだったのだと思う。一緒にいるのに、誰も自分から郁美に声を掛けることはなかった。話す時は必ず郁美からだった。

それに、どういうわけか徹も健二も絵里も、小さい子の子守をするかのように実希子のことを気にかけてくれていたから、自分だけその輪から外れて郁美のそばに近寄るのも躊躇《ためら》われた。

けれども、こうして久しぶりに二人きりで話してみて、改めて思う。郁美が一番話しやすい。

郁美の家が見えたあたりで、急に立ち止まった。

「どうしたの？　学校に忘れ物でもした？」

数歩先に進んでいた実希子は、半身をひねって振り返る。

「みきちゃん。言った方がいいよ」

なんの前置きもなく言われた。

「え？　なにを？」

郁美の言葉が胸を射る。とっさにとぼけてみたものの、心当たりはあった。訊《き》くのなら、「なにを？」ではなく「どうして？」だったのかもしれない。

どうして知っているの？　クラスも違うのに。今までだって誰にも気づかれなかったのに。

実希子がそんな疑問を持ったこともわかっているかのように、郁美は続けた。

「ずっと寂しかったんでしょ？」

「ええ？　なんのこと？」

素直に認めればよかったのかもしれない。わかってくれるのは郁美だけだったのに。

「言った方がいいよ」再度そう言ってから「私も人のこと言えないけど」と泣きそうに微笑《ほほえ》んだ。

「なぁに？　それ、占いかなにか？」

認めたら居場所を失ってしまいそうで、気づかないふりをした。

郁美は諦めなかった。

「ううん、これは私の意見。私も嫌なこと嫌って言えないから、偉そうにアドバイスなんてしている場合じゃないんだけど。相手は善意でしてくれているってわかるから、やめてって言いにくいしね」

うん、と答えればよかった。わかるよ、と言えばよかった。

だけど、実希子はみそっかすで、妹分で、庇護《ひご》対象だから、みんなが近くにいてくれるのだ。秘密基地でも。中学校でも。それをやめてほしいなどと言ったら、居場所がなくなる。守らなくていい存在の私なんて、一緒にいる理由がない。だから、認めるわけにはいかない。

きっと、実希子がそんなふうに思っていることまでも郁美はわかっていた。

自宅の門扉《もんぴ》に手をかけて、宣誓するみたいに声を張った。

「私も頑張るから、みきちゃんも一緒に頑張ろう。みんなにちゃんと本当の自分を認めてもらおう」

ああ、そうだ。私は郁美のことを苦手ではなかった。仲良しのふりをしていたわけでもなかった。ちゃんと好きで、ちゃんと友達だった。

バイバイ、と郁美が手を振る。門扉が軋《きし》んで閉じた。

待って、と叫んだ自分の声で目覚める。

「なに？　寝ぼけてるの？」

耳元で徹の声がした。徹の肩に寄りかかって眠っていたらしい。

日が翳《かげ》り始めていて、部屋の奥の方は既に薄暗い。

「ごめん、居眠りしちゃった」

「夢でも見てたの？」

「うん。夢を見てたの」

お告げのような夢を。

だけど夢の中の郁美は、この直後に起こることまでは告げてくれなかった。あんなことになると知っていたら、郁美のノートを目に付く場所になど置いておかなかったのに。

「へえ。どんな夢？」

「えっとねー」

妙に鮮明に覚えている夢の内容を話そうとしたその時、電話の着信音が鳴った。徹が手渡してくれたスマートフォンを受け取る。

「あ、お母さんだ」

「出なよ。その間に俺、晩飯作るわ」

部屋の照明をつけ、キッチンに立つ徹の姿を眺めながら通話ボタンをタップすると、こちらが一言も発しないうちに母の声が聞こえてきた。

『ちょっと！　知ってる？』

一方的に話し始めるのはいつものことだが、今日はまた一段と勢いがあって、少し笑ってしまう。

「なに？　いきなりそんなこと言われてもわからないよ」

『絵里ちゃんよ』

「ああ、うん。退院した？」

『そうじゃなくて。亡《な》くなったのよ』

「えっ！　いつ！」

　徹が包丁片手に振り向いた。実希子が口の動きだけで「後でね」と言うと、徹は小さく頷いて調理台に向き直った。

　それからも徹はちらちらとこちらの様子を気にしていたが、実希子の方が電話に集中するにしたがって徹の存在は意識の外に追い出された。

『お母さんも今日知ったのよ。ほんの数日前のことらしいわよ。あの事件と同じ日だったみたい。最近、若い人ばかり亡くなって気の毒ね』

「事件？」

『あれよ、あれ。岩倉台総合病院の近くにある公園で男の人が亡くなったでしょ』

「え？　そうなの？　知らない」

『ニュースにもなってたわよ。あ、ごめん、それより絵里ちゃんのことよね』

「絵里ちゃんがどうして……。だって骨折だよ？　それって命に関わること？　しかもうすぐ退院だったのに」

『詳しいことはわからないのよ。葬儀もいつの間にか家族葬で済ませたらしくて。近所の人たちから聞いて知ったの』

「じゃあ、ただの噂《うわさ》かも」

一縷《いちる》の望みをかけて言ってみたが、そんな質《たち》の悪い噂を流す人もいないだろう。それに胸痛を訴えていたことも気に掛かる。ただ気に掛かるだけで、その先に思考が進まない。頭の中が痺《しび》れたようにじんじんとして、まだ夢の中にいる気分だった。

いつの間にか徹が傍にいて、優しく背を撫でられていた。実希子はディスプレイが暗くなったスマートフォンを両手で握り締めていた。どうやって通話を終えたのかわからない。

「大丈夫?」

実希子が応答する様子で用件のあらましを把握したのだろう。徹の手が実希子の髪を撫でる。徹の手からは、かすかに玉ねぎのにおいがした。キッチンからは野菜を煮込む優しい匂《にお》いが漂ってくる。

途端にぶわりと涙が溢《あふ》れた。たちまちむせび泣きに変わる。

「え……えり、がっ……絵里ちゃんが……どうして……」

郁美の死には実感が湧《わ》かなかったのに、絵里の死はあまりにも衝撃が大きい。先日会ったばかりだからだろうか。違う。それだけではない。この気持ちは悲しみだけではない。これは——恐怖だ。

絵里は言っていた。猫を見たと。昔ドワーフがいたと。

影という名の黒猫。私が見かけていた不思議な影と同じなのだろうか。だとしたら……。

どうしてもっときちんと話を聞かなかったのだろう。絵里は必死になにかを伝えようとしてくれていたのに、私が覚えていないばかりに……。

「そうだ。事件……」

「事件?」

「お母さんが言ってたの。岩倉台総合病院の近くで若い男性が亡くなったって。知ってる?」

「いや、ローカルニュースまでチェックしてないからな」

徹はそう言いながらスマートフォンを操作していたが、「えっ」と声を漏らしたきり、動きを止めた。いつになく真剣な表情の徹は別人みたいで、声を掛けるのも躊躇われる。無言で見つめ続けていると、しばらくしてはっとした表情を浮かべた徹と目が合った。

「たぶんこれだ」

『横浜市の公園に男性の変死体』

十八日午後六時ごろ、横浜市の岩倉台駅付近の公園で、男性が血を流して倒れているのを通行人の男性が見つけ、110番した。

神奈川県警によると、男性は三十代ぐらいで、その場で死亡が確認された。男性は複数の外傷を負っており、損失した臓器もあるとみられる。傷口の断面から刃物によるものとは考えにくいとのことで、今後、司法解剖を行い、死因や身元の特定を図る。なお、周囲にはカラスのものと思われる黒い羽根が大量に散乱しており、男性の死との関連を調べている。

実希子は徹の腕に抱きついた。

「ひどい……」

「物騒だな。損失した臓器って、どういうことだよ」

「こわい。なんなの、これ」

母からは事件としか聞かされていなかったため、こんなに凄惨《せいさん》な亡くなり方だなんて思わなかった。

「あれ？　まさかな……」

「どうしたの？」

「偶然だよな……」

徹はブラウザを閉じ、健二に送ったメッセージを表示させた。未読のままのメッセージの送信日時は十八日十七時四十九分。

「この男性が健二だったら、既読がつかないのも当然……」

「なんてこと言うの！　そうだ、電話は？」

「あ、ああ。かけてみよう」

徹が震える手で操作する。しばしの沈黙を二人で息をつめて待つ。

『お掛けになった電話は電波の届かない場所にあるか、電源が入っていないため掛かりません』

「なんなんだよ！」

徹はスマートフォンをソファに叩《たた》きつけた。

「でもそれって解約はされてないってことでしょ？　まだわからないよね？　ね？」

解約されていたら『現在使われておりません』とか言われるのではないだろうか。

「……本当にそう思う？」

うなだれた徹の声は暗く低い。

キッチンでは鍋《なべ》がコトコトと小さな音を立てている。

「岩倉台になんか行くからこんなことになるんだ！」

どういうこと？

問いかけたいのに、見えない手で首を絞められているかのように苦しくて声にならない。

大人になっても岩倉台で暮らしていたのは郁美だけだが、絵里も健二も実希子だって実家がある。たしかにすっかり足は遠のいていたけれど、そんな禁足地みたいな言い方をしなくても——禁足地？

子供のころ、雑木林には立ち入り禁止の立て看板があった。誰も入らない場所だからこそ、こっそり入り込んで秘密基地にすることができたのだ。当時は空き地や資材置き場などの立ち入り禁止の看板だってみんな無視して入っていた。今思えば、私有地だし危険だから立ち入り禁止になっているのは当然なのだけど、なにかがひっかかる。

鍋が沸騰《ふっとう》してボコボコいっている。

火を止めないと。

立ち上がろうとした実希子の腕が引っ張られた。徹が両手で実希子の上腕を掴《つか》んでいる。向かい合っているのに視線が合わない。徹の目は真っ赤に充血していた。

「とお……る？」

「だいたい、郁美の行動からしておかしいんだ。なんで気づかなかったんだろう」

「ねぇ、腕、放して」

「雑木林で土砂崩れがあったから道路に転落したって話だけど、そもそもなんであんなところへ行ったんだ？　秘密基地で遊ぶ歳《とし》でもないだろう。しかも一人で」

「……痛いよ」

「絵里が骨折したかと思ったら、急死だって？　そして健二まで。次は俺か？　実希子か？　……いや、実希子はないか」

「ねぇ、痛いってば」

ブシュー……

鍋が噴きこぼれて蒸気が上がる。

実希子は力任せに腕を振りほどいて、慌《あわ》てて火を止めた。

調理台にはカレーのルーが置かれていた。徹が一人で調理する際はたいていカレーかチャーハンになる。もう少しレパートリーを増やしてくれたらとは思うが、実希子は徹の料理が好きだった。

噴きこぼれを拭《ふ》いていると、あんなにまくし立てていた徹の声がしないことに気がついた。

「……徹？」

振り向くと、背中を丸めて床に座り込んでいる徹の姿があった。

恐る恐る近づいて顔を覗き込む。瞬《まばた》きもせずに手元を凝視している。手にはノートがあった。郁美のノートだ。読まなければと思って、ソファの近くに置いておいたのだ。

「それね、」

「読んだ？」

ノートについて説明する前に問いかけられた。

「まだちょっとだけ」

「読むな」

「え。でも」

「お願いだ。読まないでくれ」

「なんで？」今にも泣き出しそうに声を震わせる徹に向かって手を伸ばしかけたその時。

ドンドンドン！

玄関のドアが乱暴に叩かれた。

ドンドンドン！　ドンドンドン！

「やだ……なに……？」

とっさに徹の腕にしがみついたが、抱き返してくれるどころか体に力が入っていない。聞き取れないほど小さな声で何かぶつぶつ呟《つぶや》いている。その間にもドアは叩かれている。

「徹！　徹ってば！」

肩をゆすると、やっと目が合った。しかしそれは偶然視線の先に実希子がいたというだけで、瞳《ひとみ》に映ってはいても認識されていないようだ。

「徹！」

抱きつこうとすると、身をかわされた。実希子は勢いあまって床に倒れこんだ。

立ち上がった徹は実希子を見ることなく呟いている。声が徐々に大きくなっていくが、ノックの音にかき消される。

実希子が徹の腰にしがみつくと、ようやく声を聞きとれた。

「読まないでお願いだお願いだ読まないでくれ」

「わかった。読まないから。読まずに返すから」

ノックの音がやんだ。そして――

――あそぼうよぉ。

ドアの外から声が聞こえた。

カチカチカチ……ボッ。

触れてもいないのにコンロが着火した。

急いで消そうとすると、炎の一部が触手のように伸びてきて実希子の手の甲を舐《な》めた。

「あつっ!」

「実希子!」

徹がノートを投げ出して駆け寄ってきた。充血はしているが、いつもの徹の目に戻っていた。

「とおる……よかった……」

んだ。火傷《やけど》の痛みなど気にならなかった。抱き締められた腕の中で徹の匂いを深く吸い込

気持ちが落ち着いて顔を上げると、徹の背後で炎が不自然に長く伸びているのが見えた。焦《あせ》りのあまり声が出ない。無言で徹の胸を叩いて知らせるが伝わらない。その間にも炎は獲物《えもの》を狙《ねら》う猫の尾みたいにゆらゆらとリズムを取っている。

「う……う、しろ……」

「ん？」

ようやく徹が振り向く。と同時に、炎が襲い掛かってきた。

「危ないっ！」

叫び声と共に突き飛ばされる。炎は実希子の盾となった徹の袖《そで》を捉《とら》えた。

「うわあぁぁぁぁ！」

「きゃあぁぁぁぁ！　徹！」

視界の隅をネズミほどの大きさの影が横切り、一瞬気を取られる。視線を戻すと既に徹の上半身は炎に包まれていた。

「水！　水をかけなきゃ！」

シンクの水では間に合わない。浴室のシャワーはここまで届かない。

実希子は玄関を飛び出した。マンションの廊下には誰もいなかった。壁際に設置されている消火器を手に急いで部屋に戻った。ピンを抜いてホースを向けレバーを握る。消火剤が噴射される反動でよろめいたが、倒れずに堪《こら》えた。視界が薄桃色に染まる。空になるまで出し切ると、うずくまっている徹に駆け寄った。火は消えていた。だが全身粉まみれで火傷の状態も表情もわからない。実希子は咳込《せきこ》みながらスマートフォンを見つけ出し、1、1、9とタップした。

夜だった。

カーテンは開けたままだし、部屋の明かりもついていない。目はすっかり暗闇《くらやみ》に慣れている。のそりと立ち上がって明かりをつけ、カーテンを閉めた。

徹の救急搬送に付き添い、警察の聴取を受けた。部屋の壁にも床にも焦《こ》げ跡ひとつなく、事件性もないということで解放された。

病院には徹の両親が伊豆から呼び出され、入籍前の実希子には徹の病状を知る権利すら与えられなかった。

消火剤は拭きとり切れず、ソファのある部屋はともかく、キッチンはまだ粉っぽい。

昨夜からマグカップに残ったままの冷えたコーヒーをシンクに流す。マグカップの内側には、傷のような黒い線がくっきり跡になっている。徹とコーヒーを飲んだ食後の穏やかなひとときが、はるか遠い出来事に感じられる。たんぽぽコーヒーに変えたことを明かせなかった。たんぽぽコーヒーという名前だけどコーヒーではなくて、ノンカフェインのハーブティーなのだと教えられなかった。

実希子はそっと下腹部に手をあてた。

あれから丸一日が経《た》っていた。

水栓レバーを上げると勢いよく水が流れ出した。スポンジを手に取り、食器用洗剤をつけ、揉《も》んで泡立てる。手が滑り、マグカップがシンクに落ちて大きな音を立てた。

「どうして……」

泡にまみれた両手をシンクの縁に乗せたまま、実希子はしゃがみ込んだ。ステンレスを打つ水音に実希子の嗚咽《おえつ》が重なった。

一日の記憶がひどく曖昧《あいまい》だ。すべて夢だったのではないかとさえ思ってしまう。

ああ、そうだ。夢。昨夜はここで徹の肩に寄りかかって夢を見ていた。郁美の夢。

――私も頑張るから、みきちゃんも一緒に頑張ろう。みんなにちゃんと本当の自分を認めてもらおう。

今なのかもしれない。私は今、頑張らなければならないのかもしれない。守られることが寂しかった。対等ではないことが寂しかった。だけど、守られるという立場をなくしてしまったら、私になにが残るのだろう。一緒にいる意味を見出《みいだ》してもらえるとは思えなかった。だから受け入れた。みそっかすで、放っておけない女の子のままでいた。

対等になりたいけど、なりたくない。なろうとさえしなかった。

あのころの私は、守ってもらえることに甘えていた。自分のせいなんだ。

今度は私が徹を助けよう。郁美のノートを読めば、なにかわかるかもしれない。

ドアをノックしたモノや付きまとう影も気に掛かっている。

実希子は立ち上がった。マグカップを洗い、手を洗った。ソファに座る。徹が誕生日プレゼントとして買ってくれたソファ。新居にも持っていくんだ。また徹と並んで座るんだ。

実希子は、姿勢を正して大きく深呼吸をすると、郁美のノートを開いた。

一通り読み終えると、深く息をついた。息苦しかった。ずっと浅い呼吸をしていたらしい。瞬きが少なかったのか、眼球が乾いてひりひりした。涙で潤《うるお》すために瞼《まぶた》を閉じる。瞼の裏がスクリーンとなって、読み終えたばかりの郁美の見てきた光景がモノクロの記録映画のように映し出される。

これは、日記、なのだろうか。本当に？

ノートを読む前と後では世界が違って見えた。実希子の知っている世界ではなかった。実希子が思い出だと思っていたものは偽物《にせもの》だったのだろうか。絵里は……健二は……、そして、徹は。本当にこんなことを願ったのだろうか。そうだとしたら、願いは叶《かな》ったことになる。ただ、願いは歪《ゆが》んで叶えられている。

私たちはなにに願ったのだろう。人の願いを歪んでとらえてしまう相手とは、何者なのだろう。

あの夏の日の儀式を最後に、白紙のページが続く。記録をとるのをやめたらしい。ぱらぱらとページを繰ると、最後のページに一枚のメモ用紙が挟まっていた。

文字は色鉛筆で書かれている。一色ではなく、複数の色が寄り添うようにして一筋の線を描いている。レインボー鉛筆だ。七色が一本の芯になっている鉛筆。

どうしてこんなものが。

当時、レインボー鉛筆を持っている女の子は珍しくなかった。実希子もお気に入りだった。郁美も持っていたとしても不思議はない。けれどもこれを描いたのは修だ。極端に右肩上がりの筆圧の強い文字。そして、イニシャル。しかも、きっとこれは、実希子が修の誕生日プレゼントにあげた鉛筆だ。

修の墓前で徹と交わした会話が蘇《よみがえ》る。

――ほら、誕生日プレゼントだって兄貴にだけは忘れずに渡していただろ?

――ええ? そうだっけ? みんなにあげていたと思うけど?

――いいや。俺、忘れられたことあるもんね。

――ごめん、って。

――兄貴にはあんなに大切にしていた色鉛筆まであげるしさ。ほら、さっき落ちてたあれ。

――色鉛筆じゃなくて、レインボー鉛筆ね。

――それそれ。芯にいろんな色が混ざっているやつ。

――よく覚えてるね。私が修くんを好きだったのって小学生のころだよ? それに、修くんが……その、亡くなったのだって、私たちが高校生のころじゃん。昔の話だよ。

――気になるんだから仕方ないだろ。

——おお、よしよし。とおるくん、かわいいねぇ。

——おちょくってるだろ。

——本当にかわいいなと思ってるよ。

——うそつけ。

どうしてこんなものが。こんなところに。

『夕方、秘密基地で。O.K.』

O.K.——刈谷修。

待ち合わせの約束だろうか。

郁美と待ち合わせ？　修から誘って？

あまりにも想像からかけ離れている組み合わせだ。二人が親しくしているところなど見たことがない。当時、修に淡い恋心を抱いていた実希子ではあったが、今となれば、中学生男子から小学生女子が相手にされないであろうことくらいわかる。にもかかわらず、この短い文面は、相手が来ることを疑わない、恋人同士の待ち合わせの約束のようではないか。

今更、やきもちなど焼くことはないが、違和感とともに強い嫌悪感《けんおかん》に襲われる。中学生男子が小学生女子を誘うことも、その手紙が自分を慕う別の女の子からプレゼントされた鉛筆で書かれたことも、友達が想いを寄せる相手と知りながら手紙を受け取ることも、それを秘密にしていたことも。

昔のことだ。子供のころのことだ。あの気持ちが本当に恋心だったのかさえ疑わしい。それに、二人とももういない。それでも。

裏切られた、と感じた。好きだった二人に裏切られた。裏切られていた。

あるいは。

このメモが書かれたのが儀式の後だとしたら。

郁美のまじないはよく効くと評判だった。すべてが希望通りに叶ったとは言い切れないが、人ならざる者が叶えることだ。うまく伝わらないこともあるだろうし、そもそも人とは感覚が違う可能性もある。それを踏まえれば、おおむね叶っていたと言えるだろう。

郁美は気づいたのかもしれない。しかし、ノートの記述によると、当時は知らなかったのだ。ならば、いつ気づいたのだろう。

いや、気づいたとして、それが修と郁美が待ち合わせをする理由には繋《つな》がらない。それなら、ほかの誰かに宛《あ》てた手紙？　だとすると、今度は郁美が持っている理由がわからないが、その「ほかの誰か」なら心当たりがある。

あの儀式の少し前、実希子は横浜駅近くで見かけたのだ。

母方の祖父母がご馳走《ちそう》してくれるというので、両親とともに横浜に出かけていた。あのころは外食が少し特別だった。百貨店の最上階にある大レストランに連れて行ってもらえると、絵日記に書けるくらいには特別なイベントだった。

大レストランは、レストランとフードコートを掛け合わせたような形態だった。広々としたワンフロアに複数のレストランが入っていて、どの店のメニューも頼めるのだ。入口に続く通路には長いショーケースがあり、サンプルが並ぶ様は壮観だった。店内は仕切りのない広い空間にテーブルと椅子《いす》が並び、絵本や物語で読んだパーティーや晩餐会《ばんさんかい》を思い起こさせた。しかも、百貨店らしく礼儀正しいウェイトレスが料理を運んでくれる。

実希子はそこで食べるプリンアラモードが大好きだった。その日もお子様ランチとプリンアラモードを完食し、スカートのウエストのホックを外さなければならないほどにお腹《なか》が膨れて祖父母や両親に笑われたのを覚えている。

腹ごなしの散歩代わりに、いくつかのショッピングビルを回った。その道すがら、通りの向こうに見慣れた人影を見つけた。修だった。女の子と二人きりで笑いながら歩いていた。その時は従姉妹《いとこ》かなと思った。見当たらないけど徹や両親も近くにいるのだろうと思った。

そう信じていればよかった。後日、秘密基地で徹に会った時にあんな話さえしなければ、そう信じていられたのに。

「この前、横浜にお出かけしたでしょ？　どこ行ったの？　私はね、大レストランでお子様ランチとプリンアラモード食べたよ。お腹がね、こーんなになっちゃった」

「は？　行ってないけど？」

「えー。家族で行ったでしょ？　郁美ちゃんが願いごとさせてくれるって話をした日だよ。あのあと、うち、お出かけしたんだー。徹くんちもでしょ？」

「だから、行ってないって。誰かと間違えてんじゃね？」

「間違えるわけないじゃん。あ、映画を観《み》たんでしょ？　ね、なにを観たの？」

「だーかーら！」

「教えてよー。修くんと従姉妹と行ったんでしょ？」

「従姉妹？」

「うん。修くんと一緒にいた女の子、従姉妹でしょ？　映画館の方から歩いてきたよ？」

「それ、二人だけだった？　ほかにもいただろ？」

「ううん。二人しか見なかったよ。徹くんとかおじさんおばさんもいるかなーって探したけど見つからなかった」

実希子のその言葉を聞いた徹は、勢いよく立ち上がって地面を圧し潰《つぶ》すみたいにドスドス飛び跳ねた。

「くっそ！　なんだよ！　バカ兄貴！」

なぜか憤慨する徹によると、たぶんデートだとのことだった。

癇癪《かんしゃく》を起したように荒れ狂う徹と、めそめそ泣いている実希子を見て、後から来た三人は徹と実希子が喧嘩《けんか》をしたと勘違いして、見当はずれの説教や慰めが入り乱れた。

その時の混乱ぶりを思い出して、実希子の頬が緩んだ。

そして、思う。きっとこの手紙は、あの子に宛てたものなのではないかと。

それでもやっぱり、その手紙を郁美が持っていることへの疑問が残る。いつ手に入れたのかもわからない。

いつ、誰に宛てて書かれたのか。それを知らなければならない気がした。裏返したり透かしてみたりするが、ほかにはなにも書かれていない。ノートに比べて手紙は白く張りのある紙だということしかわからない。

再び実希子は頰を緩めた。

もうとっくに修への想いなどなくなっているのに、こんなにも気にしている自分がおかしかった。

ただ、なにか見落としている気がする。

大丈夫。徹はまだ生きている。生きているうちになんとかしなければ。

その一心で、実希子は再びノートの最初のページから読み始めた。

6　祈願成就《じょうじゅ》　――坪内圭吾

　岩倉台総合病院の裏手にあるカフェは空《す》いていた。NPOの運営する〈ともしび〉という店名の障碍者《しょうがいしゃ》就労啓発施設であるカフェだ。コーヒー、紅茶とパウンドケーキくらいしか置いていない店だが、圭吾は以前からよく利用していた。料金は街中のカフェの半額程度だし、病院の長い待ち時間を潰《つぶ》すためにちょうどいいのだ。けれども今日は受診も会計も済んでいる。いつもならまっすぐ帰宅するが、待ち合わせまでの時間調整のためにこのカフェに来たのだ。

　ホットルイボスティーとパウンドケーキを注文したのだが、アイスコーヒーが来てパウンドケーキはついていなかった。こういうところがこの店が空いている原因なのだろう。だが、圭吾はオーダーが変化するそんなところが嫌いではなかった。メニューを選ぶ際は欲しいものを自分自身に問いかけるのだが、待っていたものと違うものが現れた時の方が楽しくなってしまうのだった。それは圭吾に限ったことではなく、このカフェの客はみんな、店員の間違いやぎこちない接客を受け入れている。そんな客の寛容さもあって、ここは居心地がいい。

グラスを倒さないように慎重に両手を伸ばし、左手を添える。右手でストローを握って氷をカラカラと鳴らした。脇《わき》にはガムシロップとミルクのポーションが置かれているはずだ。ミルクを入れたいが、圭吾にはどちらがどちらだかわからない。ブラックのまま冷えたコーヒーを飲んだ。


幼いころから目が悪かった。眼鏡をかければ問題なく過ごせたが、お決まりのメガネザルというあだ名で呼ばれるのがいやであまりかけていなかった。

本格的に悪化したのは高校生になってからだった。眼球がえぐられるような痛みが続き、自ら病院に行って病名を知った。その際にカルテを見た医師が首を傾《かし》げた。今までどこにも通院していないの？　本当に？　小学生のころにはもう診断がおりていたらしい。進行し、時には失明にも至る病気で、定期的な診察が必要だった。

しかし、当時、母は医師が告げた『時には失明にも至る』の部分ばかりが印象に残り、帰りに駅前で勧誘された宗教にあっさり入信したのだ。

父は育児を母に任せきりだったから、母の言う「圭吾の目なら治るから」という言葉を信じていたのだろう。母が念仏のようなものを唱えているのは知っていたはずだが、信仰によって治癒するという意味だとは思いもしなかったに違いない。

郁美は子供ながらに母の言動を理解していたようで、弟の助けになりたい一心でまじないに手を出したのだと、圭吾は後になって知った。

悪化したあとは、処方された点眼薬を使用して状態が安定し、視力にも変化がなかったため、圭吾自身、それほど深刻にとらえていなかった。病状説明で最悪の事態を想定するのは当然のことだと思ったし、それは病院側の責任とか義務とかの問題で、実際はそれほど頻発する事例ではないという印象を受けた。とはいえ、自分の意思で通院できる年齢であったから、「今回も安定していますね」という安心感を得るために定期健診は受けていた。

ずっと安定していたのだから、小学生のころに母が圭吾を通院させていたとしても結果は同じだっただろうと思っている。もし違う結果が待っていたとしても、今さら確かめようもない。

安定していると言われている時でも郁美は親身になって心配してくれた。高校生の時に痛みが出た際も、母は半狂乱で念仏を唱える時間が増えただけだったが、郁美は眼科への受診を強く勧めた。郁美の後押しがなければあのまま耐えていたかもしれない。

母と違い、姉はまじないを補助的な力と捉《とら》えて利用し、もしくは不安を少しでも建設的な行動に転換したかっただけなのだと思う。

地元の大手スーパーに就職したころ、眼病は思わしくない変化をきたした。経理部だったためパソコンの機能を使って拡大表示したり音声認識したりすることで仕事を続けられたが、その間にも服薬や手術をすることがあった。

そんな時も母は相変わらずで、支えてくれたのは郁美だけだった。事情を知っている親類や知人は、圭吾が両親を恨んでいると思っているようだが、そんなことはない。感謝など微塵《みじん》もないが、恨むに値する人たちだとも思わない。悪意のない、ただ弱い人間。それだけのことだ。そう割り切って考えることができた。それもまた、姉という支えがあればこそだったのだろう。

その姉が、死んだ。

おかしなことだが、視力が落ち続けている時よりも怖かった。郁美は自身の目よりもずっと圭吾の一部だった。

郁美はいつも他人のことばかり気にしていた。魔女と呼ばれるのも、特別視されて仲間外れにされるのも、実は寂しかったのだと圭吾は知っている。だが、そんな立場を孤高の存在のように憧《あこが》れの目で見られると、その役割に満足している振りをしてしまうのだと、悲しげに笑っていた。

絵里のことだとすぐにわかった。悪気はないのだ。だから仕方ない。郁美はそう言った。たしかに絵里に悪気はないだろう。ほかのやつらだってそうだ。明確な悪意を持って郁美に接していた人はいないと思う。でも、だからといって郁美が傷ついていないことにはならない。

絵里だけではない。幼馴染《おさななじ》みたちはみんな同じだ。郁美を尊重する振りをして無視してきた。いないように振舞うことだけを無視と言っているのではない。そこにある問題から目を逸《そ》らしていることを言っているのだ。そして、そのことを通常は悪意とは呼ばない。

姉が恨まなかったものを弟の圭吾が恨む筋合いはない。ただ、知ってほしかった。今さらどうにもならないとわかっているが、ただ、知ってほしかった。

それで、実希子に姉の──郁美のノートを渡したのだった。

あのメンバーの中で比較的郁美を苦しめることがなかったのは実希子だったように思う。善意の人というわけではない。たぶん、深く考えていないから。

善意と思って起こす言動が裏目に出ても、相手は受け止めるしかない。避ければ善意を無下にしたことになるからだ。その点、実希子は善意だの悪意だのを気にしたことがなさそうだった。

人はそれを自分勝手というのかもしれない。それでも郁美にとって、もっともましな接し方だっただろう。

郁美のノートを実希子に渡す前に、圭吾も電子拡大鏡を使って時間をかけて読んだ。小学生の書いたものだ。文字は読みにくいし、文章もわかりにくい。虚実入り混じっていて現実に起きたことなのか空想なのか判断がつかない部分も多いものの、全体としては、日記ともつかない日々のあれこれが綴《つづ》られている雑記帳だった。

魔女と呼ばれ、まるで人間とは異なる種族のように扱われていた郁美に、占いやまじないについて話しかけてくる人はいても、他愛もないことを話せる相手はいなかったのだろうと容易に想像できる。唯一《ゆいいつ》の話し相手はノートの中の自分自身。返事もアドバイスもしないが、どんな話でもいつまでも聞いてくれる。ここだけの話と断らなくても秘密を吹聴《ふいちょう》することもない。ノートはすべて話し言葉で書かれていた。語りかけていたのだ。

そのノートを返したいと実希子から言われた。一度目はきちんと読んでほしくて突き返したが、二度目は、読んでから返す、という約束で受け取ることにした。

実希子とその約束をしたのは、まだ絵里が入院していたころだ。病院のロビーで会った。

絵里の見舞いを終えた実希子が病棟から下りてきて、会計待ちの椅子に座っている圭吾に声をかけてきたのだった。

「圭吾くん?」

声を掛けると同時に正面から顔を覗《のぞ》き込む仕草をしたが、圭吾にその目鼻立ちまでは判別できない。とっさのことに声を出せずにいると「実希子です」と名乗った。

「ああ、実希子ちゃんか。まさかこんなところで会うとは思いませんでしたよ」

「絵里ちゃんがね、入院してるの。それでお見舞いに」と言いながら隣の椅子に腰かけた。「あ、でも知ってるよね。おばさんと話していたものね」

「はい。話だけは聞いています。骨折、でしたっけ?」

「うん。そう。今はまだ歩行器を使っているんだけど、来週には松葉杖で歩くリハビリが始まるんだって。それでね、さっき絵里ちゃんと話していて思い出せないことがあったの。ねえ、圭吾くんはドワーフって知ってる?」

「えっと、ファンタジーに出てくる?」

「あ、うん、そうなんだけど、そうじゃなくて。子供のころね、ドワーフってあだ名のおじさんだかおじいさんがいたんだって。でも、私は覚えてなくて……。圭吾くんは知ってる?」

「いや……僕は実希子ちゃんたちと遊んだことはあまりなかったし……」

と、言いかけて待てよ、と思った。そのあだ名って——

「そうだよね。……ごめんね、急に変な話をして」

立ち上がろうとする実希子に慌《あわ》てて声をかけた。

「待って。知ってるかもしれない!」

「え?」

「知ってるというか……正確には、姉のノートで読みました」

「ノート? 私が持っている郁美ちゃんのノートのこと?」

実希子は浮かした腰を椅子に戻した。

「はい。でも、あれはてっきり姉の空想の部分だと思ったんですが」

「空想?」

「やっぱりまだ読んでないんですか?」

「うん。なんだか、その……怖くて」

実希子の口調から、死んだ人の書いたものなんて気持ち悪い、という本音が聞こえた気がしたが、今は気にせず言葉を続けた。

「あのノートって、思いついたままに書かれているみたいで、現実と空想がごちゃ混ぜなんですよ。……あれ？　でもおかしいな。やっぱりドワーフって空想のはずなんじゃ……」

一度、郁美が不審者に接触されたとのことで警察に通報されたことがある。絵里が目撃したのではなかったか。そうだ、ホームレスの男に抱き寄せられた郁美が泣いていたとか。

しかし、それは郁美のノートによると別の話になる。学校で孤立していることをドワーフに相談していたのだ。クラスメイトが、占いやまじないなどの情報が欲しい時にしか話しかけてくれないと。まれに関係のない会話をすることもあったが、そんな時は絵里が話を遮るのだと。そんな話、魔女である郁美が楽しいわけないでしょ、と。それが悲しいと。絵里は良かれと思って言ってくれたのに、それに感謝できない自分にも悲しいと。そう言って泣いた。ドワーフは「郁美は悪くない。絵里の優しさを受け入れようとする優しい子だ」と慰めてくれたという。

ドワーフは郁美の空想なのだから、泣いて慰められているシーンも現実ではないはずだ。考えにくいが、仮に郁美がその空想を絵里に話したことで、絵里があたかも目撃したかのような錯覚に陥ることはあるかもしれない。だとしてもだ。それなら、そのシーンの意味するところが誤解されることはない。

どうなっているのかさっぱりわからない。

「ノートを読んでみてください」

「でも……」

この女はこの期《ご》に及んでまだ幼馴染みの雑記帳を気持ち悪いというのだろうか。胸の内にとげとげしいものが芽生える。

「実希子ちゃんが読んだ後なら返してくれていいですよ」

「ほんと?」

身を乗り出したらしく、耳元で声がした。

「はい。その代わり、本当に読んでくださいね。一回でいいですから」

「うん。読むよ。いつ、どうやって返せばいい?」

互いに連絡先を知らないことに気づく。かといって、このように訊《き》くということは、実希子は自分の連絡先を告げるつもりはないのだろう。圭吾も、今後付き合うこともない人に連絡先を教えるのは多少の抵抗がある。

「では、先に会う日を決めましょう。そうですね……一週間後……いや、確実に読み終わったころにしましょう。二週間後に岩倉台の雑木林の前はどうですか?」

実希子がどこに住んでいるか知らないが、岩倉台まで来てもらうのは悪い気もした。せめて駅前の店でも指定できればいいのだが、いかんせん、この目では、人混みで待ち合わせをするのは骨が折れる。幸い、実希子は気にする様子もなく、提案を受け入れてくれた。

「わかったわ。じゃあ、二週間後に」


今日がその約束の日だ。

バス停に降り立つと、木々のざわめきが聞こえた。雑木林を抜ける風が鳴らす音だ。実希子は反対側の階段辺りにいるはずだった。圭吾は白杖《はくじょう》の先を滑らせて足元を確認した。かさりと乾いた音がする。枯葉が積もる季節になったらしい。

この辺りはバス通りでも交通量は多くない。住宅街へ道を折れれば、ほとんど車は来ない。

静かだ。この町はいつだって静かだ。かつて空襲があったころも、静かに暮らす人たちがいたはずだが、ひと山まるまる新興住宅地であるこの地域には、古くからの土地所有者はいない。

小学校では〈いわくらだいのいまとむかし〉という冊子が配られ、地域の成り立ちを学ぶ郷土史の授業のようなものがあった。冊子には、縄文時代にムラがあったころの住居や土器、貝塚のことや、戦時中の防空壕《ぼうくうごう》のことなどが記されていた。どこの小学校でも似たようなことをしていたようで、他の小学校では地域のお年寄りから戦争体験談を話してもらったと聞いたことがある。

ここでは教える方も過去の記憶などない。残された古い地図や防空壕跡などを見て、当時を知るしかなかった。

小学校の裏にも防空壕跡があり、そこを見学した。粘土質の地層は子供の背丈ほどの高さで深くくり抜かれていて、光の届かない奥の方でぴちょん、ぴちょん、と水が垂れる音がしていた。安全のため入口には鉄の柵《さく》がはめ込まれており、子供たちは錆《さ》びた細い棒を握り締めて暗闇《くらやみ》を覗き込んだ。穴は行き止まりだったはずだが、吹き込んだ風が折り返してくるのか、ひんやりと冷たい空気が苔《こけ》の匂《にお》いを乗せて漂ってきた。

あのころの岩倉台には雑木林や防空壕跡があったことを中学や高校でなんの気なしに話すと、周りはそろってそんなものはなかったと言った。よく聞けば、空き地や原っぱならあったという。岩倉台にも空き地はあったが、印象に残っているのはそういう開けた空間ではない。岩倉台にあるのは物陰。なにかが潜んでいそうな目の届かない部分。

そんな場所があったから秘密基地なんてものも作れたのだろう。原っぱの真ん中にある基地など秘密でもなんでもない。

階段に続く道の角で赤い布らしきものが風に揺れているのが見えた。白くかすんだ視界の中で、圭吾が認識できるのは色濃いものだけだ。それでも輪郭はぼやけていて、なにかがあるということしかわからない。

「こんにちは」

赤いものから実希子の声がした。秋らしい色合いの服装をしているのだろう。

「こんにちは。ずいぶん早くないですか?」

よその町から来るのに待たせては悪いと思い、圭吾は早めに来たつもりだった。

「うん。やりたいことがあって早く来たの」

意外だった。今日はノートを返したくて来たはずだ。読むことを条件にしたのは少し強引だった気もするが、そうでもしないと実希子は読んでくれなかっただろう。それだけノートに関心がなかったのだ。敬遠していたと言った方が正しいかもしれない。それがどうしたことか、実希子自ら調べ物でもしてきたらしい。この二週間で実希子に何があったのだろう。

「それって、ノートに関係あることですよね？」

「そう。どこから話したらいいかな……」

実希子が言い淀《よど》んだまま口を閉ざしたので、圭吾は先を促すつもりで問いかける。

「ノートは読みました？」

「読んだよ」

「それで？」

「なんていうか……信じられなくて」

「実希子ちゃんが信じようが信じまいが、姉が苦しんでいたのは確かなんです」

「あ、うん。それはわかるっていうか、読んでみて、やっぱりって思った」

「わかる？　気づいていたってことですか？　姉が仲間外れにされていたって？」

「もちろん、みんなに悪気はなかったと思うけど、郁美ちゃんが魔女って呼ばれることや特殊能力を持っている人みたいに扱われるのを嫌がっていたのはなんかわかってたかな」

「わかっていて、実希子ちゃんはなにもしなかったんですか？」

「私はなにをすればよかったっていうの？」

反論ではなく、純粋な疑問のような口調だった。圭吾はそれには答えず、ひとつ息をついた後に、話を促した。

「信じられないっていうのは？」

「みんなが願った内容。だって、あんな呪《のろ》いみたいなこと」

たった一度、幼馴染みたちのために行ったまじない。その時の様子も記されていた。箇条書きの作業記録みたいな記述。一人ずつ行ったため、互いの望みを知ることはなかったのだろう。ただ一人を除いては。

まじないを取り仕切る郁美だけは立ち会っていたわけで、手順の中で願いごとを囁《ささや》くように述べる必要があった。囁き声は通常の発声と異なるため、異界と通じやすくなるのだという。だから当然、脇に立つ郁美の耳にはその内容が届く。郁美はノートに記した。それをどうにかしようとしたわけでもあるまい。純粋に覚書だったのだと思う。

「そうですね。実希子ちゃんだけは純粋に願いごとをするつもりだったんですよね。結局怖くなったみたいですけど」

実希子はそのことについては触れず、「みんな誰かにいなくなってほしかったのね」と呟《つぶや》いた。

「いなくなってほしいと願ったのは絵里ちゃんだけでしょう。高圧的な父親を恐れ、疎《うと》んでいた。徹くんはたぶんお兄さんのささやかな不幸を願っただけじゃないですかね。犬の糞《ふん》を踏むとかそんな。健二くんに至っては自分の性癖を満たすための機会を求めた……」

「たしかに、みんながそんなことを考えていたっていうのは驚いたけど、もっと信じられないのは、それが叶《かな》ってしまったこと」

「叶った？　まさか」

「圭吾くんだって知っているでしょ？　絵里ちゃんのお父さんは失踪《しっそう》したし、徹のお兄さん……修くんは受験に失敗してあんなことに」

「それとこれとは」

「それに、健二くんの願いごと……」

「ああ……『もっと大きな生き物を傷つけられますように』でしたっけ？」

「そう。それってきっと」

「ちょっと待ってください。もしかして、先日の事故のことを言っています？　息子さんを轢いてしまったことを」

「だって、そうとしか考えられないでしょう？」

「考えられなくないですよ」あまりの発想に返答がおかしくなる。「だって、小学生くらいの男の子なら、ちょっと残酷な面もありますって。まだよくわかっていないんですよ。それに、今さら叶うなんて期間があきすぎじゃないですか?」

なぜ健二をかばうのか自分でもわからなかったが、もしかしたら、そんな大それたことに姉が加担していたと思いたくないのかもしれない。

「期間なんてあるのかな? 賞味期限や有効期限が? 呪いに?」

「呪いじゃなくて、おまじないでしょ?」

些細《ささい》なことを修正してしまう。まじないは呪詛《じゅそ》に限ったことではない。呪うだけでなく幸せを願う祝福もまたまじないのうちなのだ。問題はそこではないとわかっていても、やはり姉が呪詛しか行っていないように言われるのはいやだった。

実希子は「残念だけど」とでも言いたそうにため息をついた。

「修くんが亡《な》くなったのだって、あれからずいぶん後のことだよ。願ったのは私たちが六年生の時だから、当時、修くんは中三。大学受験の失敗どころか、高校受験もまだだった」

実希子はあの出来事を『亡くなった』としか言わない。自殺。縊死《いし》。そんな言葉は生々しすぎるから。

「でもそんなことを言ったら、実希子ちゃんの願いは」

と言いかけて、はたと気づく。そうだ、実希子が願おうとしていたのはおそらく修との結婚。少女らしい夢。しかし、実希子は願わなかったし、願っていたとしても叶うはずはなかった。

相反する願いがあった場合、どのように優先順位がつけられるのだろう。そんな疑問が浮かぶが、いつの間にかまじないが成立している前提で思考していることに気づいて震えた。

なぜ、こんな話になっている？　思い出せ。こんな話をしたかったわけじゃない。

はっ、はっ、はっ、と足元を荒い息が通り過ぎ、数歩後からアスファルトを擦《こす》るスニーカーの音が追いかける。犬の散歩をする人が通り過ぎたらしい。

迷いかけた道から知っている道へたどり着いた気分になった。なんだかわからないが、言うべきことを言わなければ引きずられる気がした。

「僕はね、本当は姉が生きている間にみんなに謝ってほしかったんですよ。みんなにしてみれば悪意はなかったかもしれないし、過去のことかもしれない。でも姉は小学生時代から抜け出せずにここまで来たんです。進学しても就職しても人と交われない。交わってはいけないと刷り込まれていた。みんなが謝ってくれたら、少しは変わったかもしれません。だけど、もう遅い。だから、せめて今からでも悔いてくれるならと思ったんです。それで、唯一姉を苦しめず、呪詛にも加担しなかった実希子ちゃんに真実を記したノートを託したんです。徹くんと付き合っているときいていたし、みんなに反省をうながしてくれるんじゃないかと期待して」

日が暮れてくる。圭吾の視界は光が多すぎれば白一色になるし、光が少なすぎれば黒一色に染まる。目の前の赤い服だけがどうにかこの空間に一人ではないことを感じさせてくれた。その赤に向かって語り続ける。

「みんななにを勘違いしているのか知りませんが、呪詛どころか祝福のおまじないだって姉にはできませんよ。幼いながらに弟の目がよくなるようにと願っていただけの普通の人間です。少女らしくおまじないにすがるしかなかった普通の人間です。ドワーフとかいう男のことだって姉の創作でしょう。みなさんはまんまと姉に乗せられたんですよ」

「ドワーフはやっぱりいないのね？　私だけが覚えていないのかと……」

「ええ、いませんよ。覚えていないんじゃなくて、実希子ちゃんは本当に見たことがないんですよ。いない人が見えるはずがない。ほら、いつだったか、絵里ちゃんがうちの親に知らせてくれたことがあったでしょう。姉がホームレスの男になにかされているかもしれないって。あの時大人たちは調べたんですよ。でもそんな人物はいなかった。たしかに防空壕跡はあったけど、生活の跡はなかった。当然です。中に入れないように鉄製の柵がはめ込んであったんですから。小学校の裏にあった防空壕跡もそうだったでしょう。ドワーフがいるなんて言っていたのはあなた方だけです。子供のころの空想世界を実際の思い出と勘違いしているんでしょう。ただの記憶違いです。珍しいことじゃないと思いますが？」

「……ほんとう？」

か細い声だった。痛みに耐えながらもかろうじて話しているように感じられる。もしかしたら泣いているのかもしれない。

「どうしました？　なにか、あったんですか？」

なぜそのことに思い至らなかったのだろう。なにか心細くなるようなことがあったのだ。ありもしない呪いが叶ったと信じてしまうくらいのなにかが。

「……たいか」

「たいか？」

「えっと、支払いっていうか、代償っていうか」

「ああ、対価」

「圭吾くんは等価交換ってわかる？」

なにを言いたのかわからないが、話の流れとして経済的な意味合いではないだろう。それ以外となると、特に思いつかない。

「いえ、ちょっとわからないですね」

「人魚姫って話があるでしょ？」

「アンデルセンの」

「そう。あのお話では、人魚姫が海の魔女に頼んで人間にしてもらうの」

「ええ、そうですね」

「その代わりに声を失う」

「ああ、なるほど。まあ、それが等価かどうかは怪しいものですが」

「うん。でも、なにかを得るためにはなにかを差し出すって魔女との取引の原則だと思うのね。あ、郁美ちゃんを魔女って言っているわけじゃなくて」

「大丈夫です。言いたいことはわかります。願いが叶ったら対価を払わなければならないって」

対価。その考えは腑《ふ》に落ちた。

「おまじないの儀式では依《よ》り代《しろ》と呪具が必要で、呪具には小さな生き物の命や体の一部が使われた。郁美ちゃんはそれが対価のつもりだったみたいだけど、実際は供物《くもつ》だったのかも。そうだとしたら、あの時はまだ対価が支払われていなかったことになる。だからその対価を取り立てるために――」

「そんな、まさか」

まさか、とは言ったものの、笑い飛ばす意味で出てきた言葉ではなかった。信じたくない、あるわけないと言ってくれ、という意味の『まさか』だった。

「絵里ちゃんね、ここの階段から落ちる時に黒い子猫を見たと言ったの。雑木林から出てきたって。落ちた後もずっと絵里ちゃんのことを見下ろしていたって」

「それって……」

「うん。あの時の猫だって言うの」

「まさか」

それこそまさかだ。いったい何年前の話だというのだ。そんな長寿な猫がいるなんて聞いたことがない。しかも子猫のままだなんて。

いや、今いるはずがない。ノートに書いてあったじゃないか。殺されて呪具として使われたんだ。みんなで切り裂いて――

「絵里ちゃんは猫の名前も覚えていた。〈影〉って」

「影……」

「それを聞いて——」

雑木林がごうと鳴った。

実希子が小さく悲鳴を上げる。

突風が吹き抜けただけだった。

「……びっくりした」

「ですね。僕も思わず息を止めてしまいました」

二人でくすくす笑い合うと、少しだけ緊張がほぐれた。

ほぐれて気づく。緊張していたのだ。ただ、立ち話をしているだけなのに。

実希子が、ふうと大きく息を吐いた。

白杖を握る手が汗ばんでいた。階段の上で白杖を取り落としては大変だ。圭吾は一《いっ》旦《たん》左手に持ち替えて、右手の汗を服で拭《ぬぐ》った。

「でもやっぱりそれは関係ないですよ。だって、ほかの二人は……」

「知らないの？」

「なにをですか？」

「絵里ちゃんね、」

そこまで言って、なぜかくすくす笑う。

「――亡くなったのよ」

明るく言って、また笑う。

「おかしいでしょう？　骨折だったのに」

この場合、おかしいという言葉をどのような意味で受け取ればいいのだろう。

「健二くんの方は？」

口にした後で、聞くべきではないのではと思ったが遅かった。

「連絡がつかないんだって。徹が」

そこまで言って、なぜか実希子は声を詰まらせた。だがすぐに話を続けた。

「徹がね、せっかく再会したんだし飲みにでも行こうって誘おうとしたんだって。でもメッセージの既読も全然つかないし、電話をかけても繫《つな》がらなくて」

くっくっと喉《のど》を鳴らす音がする。また笑っている？　まさか。こんな状況で笑うはずがない。

郁美の死や絵里の死に続いて健二にまでなにかあったとなると、そこに意味を見出《みいだ》してしまいそうだった。そしてそのことに郁美が無関係ではないと認めることになるかもしれない。そんなのは嫌だった。いつも圭吾のことを気にかけてくれていた姉がそんなことにかかわっていたなんて認めない。

「圭吾くんだってあのニュース知ってるでしょ？　岩倉台で起こったことだもんね」

なにを言いたのかすぐに分かった。岩倉台のニュースといえばあれしかない。公園で発見された変死体のことだ。圭吾がそのニュースを知った時はまだ身元は判明していなかったはずだ。たしか三十代ぐらいの男性とだけ——もしかして、あれが健二だと……？

「それだけじゃないの」

実希子の声が湿り気を帯びて、途絶えた。先ほど徹の名を口にした時と同じように。

——まさか。

徹の願いは既に叶っている。兄の修に不運が起こることを願い、それは度重なる受験の不合格という形で叶った。しかもその結果を受けて、修は自ら死を選んだ。その願いが叶ったことへの対価が必要なのだとすれば——。

「……徹くんにもなにかあったんですか？」

返事の代わりにすすり泣きが聞こえてきた。呻《うめ》き声にも聞こえる。いや、笑い声かもしれない。

「あったんですね？」

念を押すと、震える声で実希子が話し出した。

「徹がうちに来た時、ノートを見つけたの。返すために読まなきゃって思っていたから、目につくところに置いてあったのよ。『読んだ?』って聞くから、『まだ』って答えたの。そしたら読まないでって必死に……」

「それだけじゃない……ですよね?」

「それから……よくわからないんだけど、燃えてて」

「燃えた? なにがですか?」

「徹が」

言葉に詰まった。なにを、言っているんだ……?

かすれる声でどうにか「それで?」と促すと、「今は入院している」と答えた。

「徹くんのそばにいなくていいんですか?」

「ICUは……身内以外は面会できないから……」

「実希子ちゃんは、それが徹くんの対価だと思っている?」

「うん。そうとしか思えない。あの時、何者かが来たの。そして影が横切ったかと思ったら、徹が……」

「影……。絵里ちゃんが見たような?」

「絵里ちゃんが見たのは、影って名前の猫だけど」

実希子が当時の猫が現れたと信じていることに胸が冷えた。実希子だって知っているはずだ。〈影〉がどうなったのかを。

「私は徹を助けたいの。ノートは読んだよ。でもどうすれば助かるのかわからない。ここに来ればなにかわかるかもって思って。なにか変わるかもって思って。そのためなら秘密基地に入ってみようって覚悟を決めてきたんだ」

「そんな無茶な！　今はとても中に入れるような状態じゃないですよ」

「うん。木も草もすごくて、傷だらけになっちゃった」

「なにやってるんですか。あそこは土砂崩れも起こしているんです。雑木林に足を踏み入れた姉がどうなったか知っているでしょう。それこそ呪いでもなんでもなく大怪我をしますよ」

「わかってる。でも、徹がしたおまじないの依り代を回収したら、願いごとをしなかったことにできるかもしれない。対価の支払いを無効にできるかもしれないでしょ？」

「今更それはないでしょう」

待て。なぜ僕までおまじないが有効だったという前提で答えている？　つられてはいけない。地に足をつけて冷静に考えるんだ。暗闇に飲み込まれるな。

「私だって、みんながなにを願ったのか知らなかったらそう思ったかもしれない。けど郁美ちゃんのノートを読んだら、絵里ちゃんの願いごとは子供のころに叶っていた。なのに今頃になって対価を支払わされている。それでいて、健二くんの願いごとは最近になって叶えられたというのに、対価は叶った直後に支払っている。統一性がなさすぎると思わない？」

「たしかにそうですけど」

「願いごとが叶えられる時期も、対価を支払う時期も決まっていないんじゃないかと思うの」

「そんな理不尽な……」

「理不尽なんだよ。人から見ればね。だけど相手は人じゃない。私たちとは思考そのものが違うんだと思う。もっと気まぐれで、人の命を軽く見てる。私たちが蟻《あり》や蚊の命を軽く見ているみたいに」

辺りは夜に包まれている。街灯の明かりは頼りなく、圭吾にはあってもなくても変わらない。実希子の赤い服も今や闇に溶けている。よく知る道とはいえ、夜道は平衡感覚も失われて歩きにくい。小さくも光量の強い懐中電灯を照らして地面の位置を確認しながらでなければ一歩たりとも進めない。

視力を失えば、ほかの機能がそれを補うと思われがちだが、それにだって個人差はある。圭吾はもともとすべてにおいて器用な方ではない。今の視力になって短くはないが、いまだに順応しきれずにいる。

早く帰らなければ。無事に帰れなくなる。

「実希子ちゃん、その話はまた今度にしませんか？　とりあえず、約束通り、ノートは返してもらいますよ」

手を差し出すと同時にノートが乗せられた。少し湿っている。初めから手に持っていたのかもしれない。

「ここに来る前に、図書館に寄ってきたんだ。もしかしたら実家にしまってあるかもしれないけど、探しに帰ったりしたら、なんでそんなものが必要なのか親に説明しなきゃならないでしょ？　徹のことだって言ってないの。心配かけたくないし」

親を気遣う言葉とは裏腹に、口調は淡々としている。

今度こそ先を聞かない方がいいと思い、問い返しも促しもせずにいたのに、実希子は圭吾の反応など気にした様子もなく話を続けた。

「圭吾くんは覚えているかな？　小学校で岩倉台の歴史を習ったでしょ？」

覚えている。さっきもそのことを思い出していたところだった。地元の歴史を学ぶ授業はどこの小学校でも行っていそうだ。

問いかけておきながら、こちらの返事を待つ様子もない。

ガサガサと紙をめくる音がした。

「図書館に寄ってきたって言ったでしょ？　なかったらその時は諦《あきら》めて実家に行くしかないかなと思ったけど、郷土史のコーナーで見つけたんだ。〈いわくらだいのいまとむかし〉って本。貸出禁止だったから、コピーを取ってきた」

「ああ……」

思わず声が出た。流通している本や教科書ではなく、教員だか地元の有志だかが編んだというクルミ製本の冊子だ。写真や図なども入って丁寧に作られたことがうかがえるが、本文は活字ではなくガリ版刷りの手書き文字だったはずだ。なぜ今更そんなものを。

圭吾の疑問を先回りして、実希子は〈いわくらだいのいまとむかし〉の内容を説明していく。

「戦時中はいくつもの防空壕がつくられたんだって。小学校の裏にも防空壕跡が残っています、って書いてある。写真もあるよ。中に入れないように入口には柵がある。

鉄格子《てつごうし》だから牢屋《ろうや》みたいで不気味だったよね。雑木林の中にあった防空壕については特に書いてなかった。いくつもあったみたいだから、全部について書いてあるわけじゃないんだね」

秘密基地には入れてもらえなかったから、雑木林にあったという防空壕を圭吾は見たことがない。だが、小学校の裏にあった防空壕なら見たことがある。あのころはまだ近視用の眼鏡をかければ見えていて、同級生と一緒に錆の浮いた柵にしがみついて中を覗いてみたりしたものだ。でも。

「そんな話、今しなくてもいいでしょう。ノートも返してもらったし、今日はこれで」

実希子などこの場に残して自分だけ先に帰ってしまえばいい。そう思うのに、憑《つ》かれたように抑揚なく語られる実希子の話に引き込まれている自分もいた。

そんな圭吾の心情を読み取ったわけでもないだろうが、実希子は紙をめくり、さらなる過去へとさかのぼっていく。もはや圭吾の反応どころか、話しかけていることさえ忘れているに違いない。うわごとのように語る。

「もっと昔はね、ムラがあったんだって。海に近い高台だから人が住むのに適していたんだって。空き地や雑木林にも土器の破片とかあったよね。ほら、ここにも書いてある。住宅地にするための造成工事中に土器や貝が出てきたって。縄文時代の住居跡も発見されました、だって」

辺りは静まり返っている。住人のほとんどが高齢者となったこの町には人通りもなければ、バス通りを往来する車の走行音も聞こえてこない。風もなく葉擦れの音さえしない。

「この本にはね、ムラの復元図も載ってるの。竪穴《たてあな》式住居がいくつもあって。貝塚も点在していて。結構広い範囲にあるんだね。ムラには横穴墓もあって、戦時中はその穴を防空壕として使ったりもしたんだって」

墓だった場所を避難場所にするなんて縁起が悪くないのだろうか。いや、命の危機にさらされていたら縁起など気にしている場合ではないのかもしれない。そんなことをつらつらと考える。

「それで、装身具や呪具らしきものが多く出土した場所っていうのがあったの。そこが祭事を行った場所。ただね、呪具っていっても呪いってわけじゃなくて、いわゆるおまじないとか祈願みたいなことをしていたんだろうって。雨乞《あまご》いとかそういうことなのかな。当時はおまじないって特別なことじゃなかったみたい」

ようやく圭吾にも実希子がなにかをつかんだらしいことがわかってきた。だが、それがどうだというのか。古代の呪術が本当になんらかの現象を起こしていたとは考えにくい。科学的な知識や技術が未発達な時代は、そうすることで思い通りにならない出来事との折り合いをつけていただけなのだろう。

「資料写真によると呪具というのは具体的には土偶とか土製品のことを指すんだね。人っぽいのもあれば、足が四本あるからかろうじて動物なんだろうなってわかるのもあれば、ただの石ころにしか見えないものまである。言われないと呪具だなんてわからないな」

そこで実希子は急に口をつぐんだ。かすかに衣擦《きぬず》れの音がして、辺りを見回している気配がする。圭吾も耳を澄ませてみるが、ただ風が強まってきて木々がざわめいているだけだった。

気のせいだったかな、と呟いて実希子は再び話し始める。

「えっと、なんの話だっけ？　ああ、そうだ、これこれ。この写真ね。呪具の写真の中でひとつだけ嫌な感じがするのがあるんだ。丸まった猫みたいなもの。個別に説明がついている写真じゃなくて、『その他の出土品』っていくつかまとめて写っている写真。土器の破片や釣り針、矢尻《やじり》、石包丁、欠けた土偶とかと一緒に」

猫？　その時代の日本に猫がいたのだろうか。たしか奈良時代か平安時代の書物に登場すると古典の授業で聞いた気がする。縄文時代にはまだ日本に猫はいないのではないか。いや、待て。話に聞き入ってどうする。

「実希子ちゃん、」

呼びかけた声は実希子の声と重なって届かない。

「それで、復元図にある祭事が行われた場所を現在の地図と照らし合わせるとね、ここ！　この雑木林の辺りだったの！」

実希子は余程興奮しているらしく、息が荒い。

ぞわりとした。頭皮に至るまで全身が粟立《あわだ》った。それは話の内容のせいなのか、興奮気味に嬉《うれ》しそうに語る実希子の声色のせいなのかわからない。どちらにしても、話を強く遮らずに聞き続けてしまったことを後悔した。なにかがおかしい。

「私もね」

しかし、実希子は再び話し始める。

「いや、こんなところまで呼び出して悪かったけど、今日はもう帰りませんか？」

「見るのよ」

「実希子ちゃん、」

「影を、見るの」

「気のせいでしょう。だって、ほら、実希子ちゃんはあのおまじないだか呪いだかに関わっていないんだから」

「したの」

「え？」

「願いごと、したの」

「でも、だって」

「みんなが帰った後、やっぱり私だけ願いごとが叶わないなんて悔しいと思って、秘密基地に戻ったの」

「うそだろ？　だって、姉ちゃんのノートにはそんなこと」

「誰もいなかった。郁美ちゃんも帰った後だったの。ぽつんと黒い塊が地面に転がっていて。猫っていうより、人の手みたいに見えたけど」

「……」

「そこで、願ったの。『修くんのお嫁さんになれますように』って」

「だとしても、姉ちゃんがいないなら小刀もないだろ？　どうやって」

「私もたぶん興奮っていうか、緊張していて、みんながする様子を見ていたはずなのに、そういう手順とかよくわからなくて。徹からもらった依り代……修くんの髪の毛を黒い塊に押し込んで、手を合わせて祈ったの。そしたら――ああ、そう。聞こえたの。男の人の低い声で『願いは聞き入れた』って。あれがドワーフだったのかも……」

「しっかりしろよ。あるわけないだろ、そんなこと」

いつの間にか砕けた口調になっていた。

「だから、私の願いは叶うから、影が対価を取り立てに」

「実希子ちゃんが結婚するのは徹くんだろ。修くんじゃない。もう修くんはいないんだ。もしも――ありえないけど――もしも願いが聞き入れられたとしても、叶うはずがないんだ。叶わないものには対価を払う必要なんかない」

風がごうと吹く。暗闇で木々が激しく葉を揺らす。豪雨のような音。

あのまじないには効果などない。なぜなら郁美は願ったからだ。圭吾の目の回復を。なのにあれ以降、圭吾の目はよくなるどころか悪化の一途をたどった。

それでも、郁美の死まで対価だというのか？　願いが叶った対価だと？　違う。違う。違う！　あれは関係ないことだ。……本当に？

――対価。

それはもしや、成功報酬を示すだけではないのではないか。

呪詛返し、という言葉を聞いたことがある。郁美がなにかに失敗したのであれば。相手の防御力が強かったとすれば。

あの時の願いは叶わなかった。もしくはまだ叶っていないだけなのかもしれない。しかし、今になって当時のまじないに瑕疵《かし》があったと気づいたら。あるいは。対価が等価とは限らないと気づいたら。支払う犠牲の方が大きくなる可能性があると気づいたら。郁美なら無効にしようとするのではないか。どのように？　まじないを伝授していたのはドワーフだった。ドワーフは存在したのだ。ただ、人としてではなく。

だから見える人には見えても、見えない人には見えない。

郁美はあのころの呪詛を断ち切るために、幼馴染《おさななじ》みたちを守るためにドワーフに呪詛をかけようとしたのではないか。思い返せば、姉はよく一人旅をしていた。趣味なのだと思っていたが、もしかするとあれは呪物を集める旅だったのではないか？　しかし、跳ね返された。

――すべて想像だ。根拠はない。

だが、辻褄《つじつま》は合う。

風が吹く。枯葉が舞い散り、頬をはたく。

そういえば、先ほどから実希子の声がしない。

「実希子、ちゃん……？」

風に交じってかすかに衣擦れの音。いることはいるらしい。

「やっぱり今日は帰ろう。できればこのまま実家に帰った方がいいかもしれない」

とにかく、ここはだめだ。あの場所に近すぎる。まじないを行った場所に。ドワーフの住処《すみか》に。修の最期《さいご》の場所に――

ごうと風が吹く。冷たい、苔《こけ》の匂《にお》いを含んだ風。それに織り合うようにして生温かい風が流れてくる。かすかに鉄臭さも混じっている。

「ねえ、実希子ちゃん。いるんでしょ？」

「圭吾くん。私……」

ああ、よかった……。

真《ま》っ直《す》ぐに手を伸ばす。今の自分になにかができるとは思えなかったが、実希子を捕まえなくてはと思った。繋ぎ留めなくてはと思った。指先が布に触れた。湿っている。

服に染みるほどの汗をかく季節ではない。

手探りで実希子の腕を摑《つか》む。やはり袖《そで》も湿っている。実希子は動かない。不作法を承知で手、肩、頬に触れた。濡《ぬ》れている。全身が濡れている。汗とは異なる感触。もっとぬるりとした――まさか。

実希子に触れた手を鼻先に持ってくる。鉄臭い。血だ。

「実希子ちゃん！　怪我をしているんですね？　雑木林に入ったりするから！　すぐ手当てしましょう。うちへ……それよりも救急車を呼んだ方がいい？　どんな怪我なんですか？　どこを、どの程度？」

ふふふと笑う声がする。

「笑っている場合ですか！」

「圭吾くん、そんなに慌《あわ》てちゃって」

「だってこんなに血が！」

思い出せ。実希子は先に着いていた。やりたいことがあったからと。てっきり図書館に寄ったことを指しているのだと思っていたが、本当にそうか？　徹の依り代を回収できたとは言っていない。だから、雑木林に入ったものの途中で断念したのかと思ったのだが。これは枝葉で切った程度の出血ではない。

実希子は雑木林で、秘密基地で、なにをした？

「助けなきゃ。私、みそっかすなんかじゃないよ。わかったの。私だって徹を助けられる」

「そんな怪我した体で」

「……依り代」

「え？」

「これは、おまじないの依り代」

「それって、どういう……」

依り代となるのは、まじないをかける相手の――

――カチャカランカラン……

なにか金属製のものが転がった音がした。

ナイフか包丁か……

「実希子ちゃ……」

「私の中にも徹がいるの」

手を取られ、実希子の腹の辺りに導かれる。

「……ね？」

闇の中だというのに赤い服が見えた気がした。

――あそぼうよぉ。

徹の声がした。

いや、違う。徹の意識は戻っていない。

――実希子ちゃん、待たせたね。

違う。徹なら実希子を呼び捨てにする。

――迎えに来たよ。

この視力を補うだけの能力は得ていないとはいえ、かつてより詳細に記憶する癖は身についていたようだ。この声は、徹に似ているが、徹ではない。ならば。

「いや……」

実希子が身じろぎをして、触れていた圭吾の手が離れる。

「実希子ちゃん、だめだ！」

――結婚しよう。

強風に枯葉が降り、落ち葉が舞う。竜巻のように辺りの空気を捩《ね》じり上げ、葉や小石が圭吾の肌を傷つけていく。両腕を交差させ、顔面を守る。風と葉の揺れが轟音《ごうおん》となる。首元を切り裂かれ、カッと熱くなった。血が流れたかもしれない。風に煽《あお》られ、その場に立っているのがやっとだった。あらゆる方向からなぶるように揺さぶられ、平衡感覚が失われる。右や左どころか、天地の違いもわからなくなりそうだ。どこに重心を置くべきかわからず、体がぐらぐら揺れる。必死に足の裏に意識を集中させる。

一歩も動いてはいけない。階段から転げ落ちてしまう。

風音の向こうからわんわんと犬の声がする。ああ、さっきの犬が散歩から帰ってきたのかもしれない、と思う。狂ったように犬が鳴く。つられてあちこちで犬が鳴き始める。遠吠《とおぼ》えも聞こえる。

やがて、風は静まり、犬の声も収まった。

腕の防護を解いて、ゆっくりと顔を上げる。

圭吾は——白杖《はくじょう》を持っていなかった。

雑木林からコオロギやスズムシの声が聞こえる。

雑木林の前の道に、圭吾は一人で佇《たたず》んでいる。

月明かりに照らされて、千切れた赤い布が落ちているのが、見えた。

拾い上げようと腰をかがめた瞬間、柔らかい風が吹き、布は空高く舞い上がった。

月に雲がかかり、また晴れた。

夜は明るかった。朝が来ればまた違う景色を見せてくれるだろう。

圭吾は踵《きびす》を返す。そして、音もなく夜道を歩いた。

エピローグ　――坪内郁美のノート

ほんのり甘い花の香りを乗せた風が紙垂《しで》を揺らす。四本の斎竹《いみたけ》と注連縄《しめなわ》に囲われた祭壇の前で、神主による祝詞《のりと》が奏上されている。地鎮祭の最中だ。

〈デイサービス施設建設予定地〉と記された看板の前で、吉野は足を止めた。

「ここが……」

かつては雑木林で、子供たちの遊び場になっていたという。そして瀬尾実希子の消息が最後に確認された場所でもある。つい今し方実希子の父から聞いた話だ。

この土地は、岩倉台開発当初より放置状態となっていた。防犯・防災の観点から自治会総会でも幾度となく議題に上ったものの解決を先延ばしにしていたところ、ここにきて立て続けに問題が発生した。豪雨の影響による土砂崩れ、隣接する階段の劣化に伴う転倒事故、雑木林からの飛来物を原因とする交通事故、視界不良による不審者の潜伏の可能性。それらの問題解決のため、自治会は本腰を入れて土地所有者を特定することにした。オンラインの登記情報提供サービスを利用すればすぐに判明するはずだった。

ところが、地番がはっきりしないため照会ができず、ならばと司法書士に依頼したことで、すぐに所有者が判明したかと思いきや、新たな問題が発生した。登記上の所有者が既に故人だったのだ。しかも親族の誰が相続したのか定かでないという。現在は相続登記が義務化されたが、それ以前だとまれに所有権転移の登記が放置されたままで現所有者に辿《たど》り着けないこともあるらしい。

それでもどうにか特定に至ったが、現所有者は土地の現状を把握しておらず、遠方に居住していることもあり、売却を希望した。そこでかねてより岩倉台にデイサービスセンター建設を希望していた福祉事業者が購入するはこびとなったのだそうだ。

ようやく木々は伐採され、敷地内にあった防空壕《ぼうくうごう》や土砂崩れも跡形もなく整地された。そして今日、地鎮祭が執り行われているというわけだ。

なんとも一筋縄ではいかない土地のようだ。吉野はバス停に向かって歩き出した。

職場の後輩である瀬尾実希子が失踪《しっそう》して二つ目の季節になった。いまだ有益な情報は見つかっていない。

無断欠勤などしたことがない実希子を心配して、吉野は電話をかけたりメッセージを送ったりしたが、電話は繋《つな》がらないし、メッセージは未読のままだった。

職場では親しくしていたつもりだが、こうなってみると、案外なにも知らないことに気づかされた。実希子の自宅も最寄り駅を知っているだけで、部屋番号どころかマンション名すら知らない。病気か怪我《けが》でもしているのではないか。連絡もできないほど大変な状態なのではないか。不安は尽きないのに、総務に訊《たず》ねても個人情報だからと開示してもらえなかった。

課長は実希子の無断欠勤を無責任だと腹立たしそうにしている。構ってほしくてわざと旅費申請の際に出張届を出さないくらいお気に入りだったくせに。

ほかの同僚たちも心配するのは口だけで、連絡をしてみようとする人は吉野のほかにいなかった。それを薄情だと思うのは、吉野が多少なりとも事情を知っているからだろう。

失踪前、実希子から徹が大火傷《おおやけど》を負ったと聞いたときは吉野も言葉を失った。婚約者である実希子の動揺は計り知れない。しばらく有給休暇を取ったらどうかと提案したのは吉野だ。素直に一週間の休暇を取った実希子だったが、翌週になっても出勤してこない。連絡もつかない。もしかしたら実希子は悲嘆に暮れて思い詰めた末に最悪の選択をしたのではないか。そんな不安が吉野を襲った。声を聞いて早く安心したかった。しっかりしなよ、と説教したかった。だが、当の実希子の声を聞く術《すべ》がない。

そんなとき、実希子の母が職場に電話してきた。娘と連絡がつかないとのことだった。

吉野が実希子の母と共に、実希子が一人暮らしをしているマンションの部屋を訪れたところ、冷蔵庫には賞味期限切れの食材ばかりで、ベランダに干された洗濯物は砂っぽかった。しばらく帰宅していないのは明らかだった。実希子の両親はすぐに警察に捜索願を出した。

それが去年の秋のことだ。冬が過ぎ、もう春だ。実希子の母とは定期的に連絡を取っていたが、ここしばらくは留守電に切り替わってばかりで心配していたところ、実希子の父から連絡があった。実希子の母が体調を崩しているという。ご迷惑でなければと断った上で、見舞ってきたところだ。

実希子の母は見るからにやつれていた。頬はこけ、白髪の目立つ髪は櫛《くし》を入れた様子もなく乱れていた。吉野が手土産を渡すと、二階に向かって呼びかけた。

「実希子ー。お友達が来てくれたわよー。おいしそうなお菓子もいただいたから降りて来たら？　マカロンだって。食べたことないでしょ？」

その様子を見て、実希子が帰ってきたのかと喜ぶことはできなかった。明らかに様子がおかしい。しかもマカロンは実希子の好物だ。普段から娘と会ったり連絡を取ったりしていた母親がそれを知らないとは思えない。

反応に困っていると、実希子の父が声を落として吉野に耳打ちした。

「実希子がまだ小学生だと思っているんですよ。あ、いや、いつもじゃないんです。平気なときはまったく普通なんですが」

吉野はどろりとした重たいものを飲み込んだ気分で瀬尾家をあとにしたのだった。

バス停に着くと同時にやってきた岩倉台駅行きのバスに乗り込むと、乗客は吉野だけだった。

バスは緩やかにカーブしながら坂道を下っていく。ぼんやり窓の外を眺めた。ガードレールにガラス製の花瓶がくくりつけられている。交通事故でもあったのだろうか。幾度となく供えられていたであろう花も今はなく、ガラスはくすみ、薄汚れた雨水が溜《た》まっていた。

岩倉台駅のバスターミナルに降り立つと、やわらかな日差しが降り注いでいた。商業ビルの建ち並ぶ駅前だというのに、吹く風にほんのり花の香りが漂う。吉野は大きく息を吸い込んだ。瀬尾家への往路はターミナル駅である大船駅からタクシーで向かったから、岩倉台駅を訪れたのはこれが初めてだ。それなのに懐《なつ》かしさを感じる。岩倉台は、駅も住宅街もどこか吉野が生まれ育った町に似ている気がした。

改札口には向かわず、地図アプリを頼りに駅の裏手へと進む。

目指す岩倉台総合病院はすぐにわかった。本来はこちらの訪問が目的だった。

防災センターで受付を済ませて面会バッジをつけ、エレベーターホールへと向かう。

エレベーターを待っていると、壁にある緊急呼び出しボタンが目に入った。病院のトイレではよく見かけるが、廊下にあるのは珍しい。外来から離れた場所にあるエレベーターホールはひと気がなく、たしかにここで具合が悪くなって倒れても気づいてもらえなさそうだ。そんなことを考えているうちに、エレベーターが到着した。

病棟のナースステーションでふたたび受付を済ませると、談話室で待つように指示された。しばらくして、疲れた表情の女性がやってきた。

「瀬尾さんの奥さんを通じてご連絡くださった方ですか？」

「はい。はじめまして。吉野環《たまき》と申します。刈谷徹さんのお母様ですか？」

「ええ」

「この度はお見舞い申し上げます」

「はあ。あの、徹とはどういう……」

「徹さんとは大学時代からの友人です。卒業後も年に一、二回ですが共通の友人たちとバーベキューをするなどして集まっています。いまは瀬尾実希子さんと同じ職場に勤めていて」

「まあ、そうでしたか。それで」

「はい。瀬尾さんのお母様から、徹さんに面会できるようになったとうかがって、刈谷さんに連絡していただきました」

「わざわざありがとうございます。ただ、今は眠っていて。昼間は寝たり起きたりを繰り返しているので、すぐに目を覚ますとは思うんですけど」

起きるまで待たせてもらうことにして、長椅子《ながいす》に並んで腰を下ろした。徹の母から病状を聞く。

「消火が早かったおかげで、表皮っていうんですか、比較的浅い火傷ですんだらしくて。火が燃え移った服は消火する際にすっかり脱げていて、それがよかったのでしょうって。実希子ちゃんのおかげね」

実希子の名前が出たところで、徹の母の声が翳《かげ》った。徹の婚約者である実希子は、消息不明のまま、いまだなんの手がかりもない。吉野は無言で頷《うなず》いて先を促した。徹の母は両手の指を組んで話を続けた。

「特に火傷がひどかった左手は失《な》くしちゃってね。ほかにも大きな火傷の跡は残るし、治ってからも腕や背中がひきつれて動かしにくくはなるみたいだけど、命には別状がないってだけでもよかったって思うんですよ。もう生きていてくれさえすればそれだけで」

そういえば、と吉野は思い出す。かつて徹には兄がいたと聞いたことがある。若くして亡《な》くなったと。それを思えば、生きていてくれさえすればという言葉は虚勢などではなく本心なのだろう。

「実希子ちゃんは見つかったのかしら?」

「いえ、まだみたいです」

「もしかして徹が助からないと思って、思い詰めて今ごろどこかで……」

そう言って、徹の母はなぜか自分の首に手をやった。

「きっと大丈夫ですよ」

なんの根拠もなく言った。ただの願望だ。徹の母の懸念《けねん》は、吉野の脳裏にも幾度となく過《よぎ》ったものと同じだ。だが、その懸念を言葉にしてしまうと本当になってしまいそうで、吉野は口に出さないようにしている。

「でもほら、徹のことだけじゃないでしょう？」

「どういうことですか？」

「聞いてない？　私も瀬尾さんの奥さんから聞いて知ったんだけど、この一年足らずで幼馴染《おさななじ》みが三人も亡くなっているんですって」

「三人も？」

記憶をたどってみると、実希子はいなくなる数ヶ月前に幼馴染みのお通夜に行くと言っていた気がする。だが、幼馴染みの不幸と聞いて思い当たるのはその一人だけだ。

「立て続けでね。カラスに襲われて亡くなった人もいて」

「え？　カラス？」

「知らない？　テレビの情報番組でもやっていたのよ」

「テレビは見なくて」

鎌倉や江ノ島では食べ物を持っているとトンビに襲われると聞いたことはあるが、カラスに襲われるなど聞いたこともない。ましてや命を奪われるなんて。

「あとの二人はなんだったかしら……」

徹の母は、まるで夕飯のメニューを考えているような穏やかな口調で頬に手を当てている。

背筋がぞわりとした。

この落ち着きはなんだ？　かつて近所に住んでいた顔も名前も知っている人たちのことではないか。それも三人も。

違う。それだけじゃない。

「幼馴染みって何人だったんですか？」

「えっと……五人かしら」

五人のうち三人が亡くなって、一人が重体、一人が消息不明？　そんな偶然が起こり得るものなのだろうか。

――あ……う……おぉ。

男の低い声が廊下に響いた。

――あ……ぼう……よおぉ。

うなり声のようだが、なにか言っているようでもある。だが、滑舌も発声も拙《つたな》くて言葉になっていない。

「徹が起きたんだわ」

徹の母が立ち上がった。

「え？」

「せん妄っていうの？　なんか私たちが見えないものを見たり聞いたりすることがあるみたいで、不安になるのか時々あんな声を出すのよ。誰かを呼ぶみたいに」

聞く者の不安を誘う声ではあるが、本人が不安を感じているようには聞こえない。それよりも、あれが徹の声だということが信じられない。

熱傷……火傷で入院しているのではなかったか？　それとも気管熱傷も負ったのか？　それで発声に影響があるとか？

徹は友人だ。徹の体調が心配でここまで来たのだ。会いたかったから来たのだ。

……あれは、本当に、徹なのか？

――あ……ぼう……よおぉぉぉぉ。

「徹が呼んでいるわ。吉野さん、行きましょう」

徹の母は廊下を歩き始めている。

どこからか饐《す》えた臭いが漂う。入念に衛生管理を行っているはずの病院らしからぬ臭いだ。

吉野は勢いよく立ち上がった。

「あのっ、私、もう時間がっ」

「あら、そうなの？　徹が眠っているからってお待たせしちゃったものね。もしよかったら、次は会ってあげて」

「すみません。失礼します」

吉野は挨拶《あいさつ》もそこそこに早足でエレベーターに向かった。

病院の外に出て、やっと足を止めた。激しい鼓動で胸が痛い。逃げてきたという罪悪感も胸を痛めている。それでも深呼吸を繰り返すうちにどうにか落ち着いてきた。

目の前に見覚えのない風景が広がっている。慌《あわ》てていたせいで、来たときとは違う出口から出てしまったらしい。目に映るのは駅舎ではなく公園の木立だった。

吉野はすぐ帰る気分になれず、公園へと足を向けた。

人もまばらな公園では小さなつむじ風が吹いている。木立からは鳥のさえずりが聞こえる。ベンチにはぽつんと置かれた一輪のハルジオン。吉野はそのハルジオンの隣に腰を下ろした。

公園を去っていく親子の後ろ姿が見える。乳児を抱いた母親と、その服の裾《すそ》を摑《つか》んだ幼児だ。幼児の手にはハルジオンの花束が握られている。

吉野は傍らに置かれたハルジオンに視線を落とした。あの幼い子が置いた光景を思い浮かべると、心が綻《ほころ》んだ。

カァとカラスが一声鳴く。

風が強くなってきたのを機に、吉野は公園をあとにした。

＊

強風に砂埃《すなぼこり》が舞い上がる。雑木林の跡地で行われていた地鎮祭は既に終わり、斎竹と注連縄の囲いだけが残されている。

紙垂がせわしなくはためき、ひとひら千切れて飛んでいった。

それを待っていたかのように、すかさず小さな影が雑木林の跡地に吸い込まれていく。

——あそぼうよぉ。

風に乗り、かすかに声がする。

男女五人の子供たちが靴音を響かせて走ってくる。

「ねこちゃーん！　どこいったの？」

「ねこちゃーん！　いっしょにあそぼうよー」

猫を追っているようだ。子供たちは見失った猫を探して走り去る。

子供たちの声と姿が遠のくと、小さな影が敷地の隅に寄せられた残土の上に姿を現した。全身が黒いため、顔も体も見分けがつかない。拳《こぶし》ほどの大きさの黒い子猫のようである。

つむじ風が起こり、斎竹が揺れてしなり、傾く。注連縄が地に落ちる。風は生ぬるく、饐え臭い。

黒い子猫が残土の一角を前足で掻《か》いている。まもなく土に汚れた紙を掘り出した。

——あそぼうよぉ。

吹き荒れていた風がぴたりとやんだ。

子猫は残土の向こうへと飛び降りて姿を消した。
あとには、子供の筆跡で書かれたノートの切れ端だけが残されていた。

③刈谷 徹

・依り代→消しゴム
・願いごと→「兄ちゃんにバチが当たりますように」

④瀬尾 実希子

~~・依り代→髪の毛~~ ← みきちゃんはやらなかった。
~~・願いごと→「修くんのお嫁さんになれますように」~~

⑤坪内 郁美

・依り代→爪(切ったやつ)
・願いごと→「圭吾の目が治りますように」

みんなの願いごとがかないますように!

☆儀式の日　8月25日
もうすぐ夏休みが
終わっちゃうよ！

☆おまじないをやった場所　秘密基地

☆おまじないに使ったもの　影と名前
（ドワーフがくれた
猫みたいなやつ）

☆おまじないをした人

①岩本健二

・依り代→乳歯
・願いごと→「もっと大きな生き物を傷つけられます
ように」

②進藤絵里

・依り代→ネクタイピン
・願いごと→「お父さんがいなくなりますように」

本書は創作大賞２０２３（ｎｏｔｅ主催）新潮文庫ｎｅｘ賞を受賞した作品を大幅に改稿し書籍化したものです。

有吉佐和子著

華岡青洲の妻

女流文学賞受賞

世界最初の麻酔による外科手術――人体実験に進んで身を捧げる嫁姑のすさまじい愛の葛藤……江戸時代の世界的外科医の生涯を描く。

有吉佐和子著

複合汚染

多数の毒性物質の複合による人体への影響は現代科学でも解明できない。丹念な取材によって危機を訴え、読者を震駭させた問題の書。

有吉佐和子著

恍惚の人

老いて永生きすることは幸福か？　日本の老人福祉政策はこれでよいのか？　誰もが迎える〈老い〉を直視し、様々な問題を投げかける。

有吉佐和子著

悪女について

醜聞にまみれて死んだ美貌の女実業家富小路公子。男社会を逆手にとって、しかも男たちを魅了しながら豪奢に悪を愉しんだ女の一生。

有吉佐和子著

開幕ベルは華やかに

「一億用意しなければ女優を殺す」。大入りの帝劇に脅迫電話が。舞台裏の愛憎劇、そして事件の結末は――。絢爛豪華な傑作ミステリ。

有吉佐和子著

紀ノ川

小さな流れを呑みこんで大きな川となる紀ノ川に託して、明治・大正・昭和の三代にわたる女の系譜を、和歌山の素封家を舞台に辿る。

朝井リョウ著
何者
直木賞受賞

就活対策のため、拓人は同居人の光太郎や留学帰りの瑞月らと集まるようになるが――。戦後最年少の直木賞受賞作、遂に文庫化！

朝井リョウ著
何様

生きるとは、何者かになったつもりの自分に裏切られ続けることだ――。『何者』に潜む謎が明かされる、発見と考察に満ちた六編。

朝井リョウ著
正欲
柴田錬三郎賞受賞

ある死をきっかけに重なり始める人生。だがその繋がりは、〝多様性を尊重する時代〟にとって不都合なものだった。気迫の長編小説。

伊坂幸太郎著
オーデュボンの祈り

卓越したイメージ喚起力、洒脱な会話、気の利いた警句、抑えようのない才気がほとばしる！　伝説のデビュー作、待望の文庫化！

伊坂幸太郎著
ラッシュライフ

未来を決めるのは、神の恩寵か、偶然の連鎖か。リンクして並走する4つの人生にバラバラ死体が乱入。巧緻な騙し絵のごとき物語。

伊坂幸太郎著
重力ピエロ

ルールは越えられるか、世界は変えられるか。未知の感動をたたえて、発表時より読書界を圧倒した記念碑的名作、待望の文庫化！

恩田陸著
六番目の小夜子
ツムラサヨコ。奇妙なゲームが受け継がれる高校に、謎めいた生徒が転校してきた。青春のきらめきを放つ、伝説のモダン・ホラー。

恩田陸著
ライオンハート
17世紀のロンドン、19世紀のシェルブール、20世紀のパナマ、フロリダ……。時空を越えて邂逅する男と女。異色のラブストーリー。

恩田陸著
図書室の海
学校に代々伝わる〈サヨコ〉伝説。女子高生は伝説に関わる秘密の使命を託された——。恩田ワールドの魅力満載。全10話の短篇玉手箱。

恩田陸著
夜のピクニック
吉川英治文学新人賞・本屋大賞受賞
小さな賭けを胸に秘め、貴子は高校生活最後のイベント歩行祭にのぞむ。誰にも言えない秘密を清算するために。永遠普遍の青春小説。

恩田陸著
中庭の出来事
山本周五郎賞受賞
瀟洒なホテルの中庭で、気鋭の脚本家が謎の死を遂げた。容疑は三人の女優に掛かるが。芝居とミステリが見事に融合した著者の新境地。

恩田陸著
歩道橋シネマ
その場所に行けば、大事な記憶に出会えると——。不思議と郷愁に彩られた表題作他、著者の作品世界を隅々まで味わえる全18話。

畠中恵著
しゃばけ
日本ファンタジーノベル大賞優秀賞受賞

大店の若だんな一太郎は、めっぽう体が弱い。なのに猟奇事件に巻き込まれ、仲間の妖怪と解決に乗り出すことに。大江戸人情捕物帖。

畠中恵著
ぬしさまへ

毒饅頭に泣く布団。おまけに手代の仁吉に恋人だって？　病弱若だんな一太郎の周りは妖怪がいっぱい。ついでに難事件もめいっぱい。

畠中恵著
ねこのばば

あの一太郎が、お代わりだって?!　福の神のお陰か、それとも…。病弱若だんなと妖怪たちの「しゃばけ」シリーズ第三弾、全五篇。

畠中恵著
おまけのこ

孤独な妖怪の哀しみ（「こわい」）、滑稽な厚化粧をやめられない娘心（「畳紙」）……。シリーズ第4弾は〝じっくりしみじみ〟全5編。

畠中恵著
うそうそ

え、あの病弱な若だんなが旅に出た!?　だが案の定、行く先々で不思議な災難に巻き込まれてしまい――。大人気シリーズ待望の長編。

畠中恵作
柴田ゆう絵
新・しゃばけ読本

物語や登場人物解説などシリーズのすべてがわかる豪華ガイドブック。絵本『みぃつけた』も特別収録！『しゃばけ読本』増補改訂版。

原田マハ著

楽園のカンヴァス

山本周五郎賞受賞

ルソーの名画に酷似した一枚の絵。秘められた真実の究明に、二人の男女が挑む！　興奮と感動のアートミステリ。

原田マハ著

暗幕のゲルニカ

「ゲルニカ」を消したのは、誰だ？　世紀の衝撃作を巡る陰謀とピカソが筆に託したただ一つの真実とは。怒濤のアートサスペンス！

原田マハ著

デトロイト美術館の奇跡

ゴッホやセザンヌを誇る美術館の存続危機。大切な〈友だち〉を守ろうと、人々は立ち上がる。実話を基に描く、感動のアート小説！

原田マハ著

常設展示室
—Permanent Collection—

ピカソ、フェルメール、ラファエロ、ゴッホ、マティス、東山魁夷。実在する6枚の名画が人々を優しく照らす瞬間を描いた傑作短編集。

原田ひ香著

そのマンション、終《つい》の住処《すみか》でいいですか？

憧れのデザイナーズマンションは、欠陥住宅だった！　遅々として進まない改修工事の裏側には何があるのか。終の住処を巡る大騒動。

百田尚樹著

フォルトゥナの瞳

「他人の死の運命」が視える力を手に入れた男は、愛する女性を守れるのか——。生死を賭けた衝撃のラストに涙する、愛と運命の物語。

町田そのこ著

コンビニ兄弟
―テンダネス門司港こがね村店―

魔性のフェロモンを持つ名物コンビニ店長（と兄）の元には、今日も悩みを抱えた人たちがやってくる。心温まるお仕事小説登場。

町田そのこ著

コンビニ兄弟2
―テンダネス門司港こがね村店―

地味な祖母に起きた大変化。平穏を崩す美少女の存在。親友と決別した少女の第一歩。北九州の小さなコンビニで恋物語が巻き起こる。

町田そのこ著

コンビニ兄弟3
―テンダネス門司港こがね村店―

〝推し〟の悩み、大人の友達の作り方、忘れられない痛い恋。門司港を舞台に大人たちの物語が幕を上げる。人気シリーズ第三弾。

町田そのこ著

夜空に泳ぐチョコレートグラミー
R-18文学賞大賞受賞

大胆な仕掛けに満ちた「カメルーンの青い魚」他、どんな場所でも生きると決めた人々の強さをしなやかに描く五編の連作短編集。

町田そのこ著

ぎょらん

人が死ぬ瞬間に生み出す赤い珠「ぎょらん」。噛み潰せば死者の最期の想いがわかるというが。傷ついた魂の再生を描く7つの連作集。

益田ミリ著

マリコ、うまくいくよ

社会人二年目、十二年目、二十年目。同じ職場で働く「マリコ」の名を持つ三人の女性達の葛藤と希望。人気お仕事漫画待望の文庫化。

祈《き》願《がん》成《じよう》就《じゆ》

新潮文庫　し－95－1

令和六年六月一日発行

著者　霜《しも》月《つき》透《とお》子《こ》

発行者　佐藤隆信

発行所　株式会社新潮社

郵便番号　一六二―八七一一
東京都新宿区矢来町七一
電話　編集部(〇三)三二六六―五四四〇
読者係(〇三)三二六六―五一一一
https://www.shinchosha.co.jp

価格はカバーに表示してあります。

乱丁・落丁本は、ご面倒ですが小社読者係宛ご送付ください。送料小社負担にてお取替えいたします。

印刷・錦明印刷株式会社　製本・錦明印刷株式会社

ISBN978-4-10-105341-7 C0193